JN037579
海辺の街へお忍び旅行。
太子殿下と一緒に
食べ歩き!?

百花宮のお掃除係 3
HYAKKAKYU NO OSOUJIGAKARI
転生した新米宮女、後宮のお悩み解決します。

# 百花宮のお掃除係

## 3

転生した新米宮女、後宮のお悩み解決します。

黒辺あゆみ
イラスト しのとうこ

HYAKKAKYU NO OSOUJIGAKARI

口絵・本文イラスト
しのとうこ

装丁
AFTERGLOW

# 目次《もくじ》

# 人物紹介

## 張雨妹　チャン・ユイメイ

看護師だった記憶をもつ元日本人。
生前は華流ドラマにハマっており、
せっかくならリアル後宮ライフを体験したい
という野次馬魂で後宮入り。
辺境の尼寺で育てられていた際に、
自分が現皇帝の娘であるという出生の
秘密を聞かされるが、眉唾と思っていた。
おやつに釣られやすい。

## 劉明賢　リュウ・メイシェン

崔国の太子殿下。雨妹に大事な
姫の命を救われた恩もあったが、
最近は個人的にも気になって
動向を観察している。
雨妹の好きそうなおやつを見繕うのが
楽しくなってきた。

## 王立彬　ワン・リビン

またの名を王立《リー》勇《ヨン》という。
明賢に仕える近衛兼宦官で、
近衛のときは立勇、宦官のときは立彬と
名乗って使い分けている。
周囲には双子ということにしている。
権力や地位に興味を示さず気ままに後宮
生活を楽しんでいる雨妹を気に入っている。

**陳子良** チェン・ジリャン

後宮の医局付きの宦官医師。
医療の知識も豊富で、頼りになる存在。
雨妹の知識の多さに驚き、
ただの宮女ではないと知りつつも
お茶飲み友達として接してくれている。

**鈴鈴** リンリン

明賢の妃嬪である江《ジャン》貴妃に
付いている宮女。
小動物のように可愛らしい。
田舎から出てきた宮女で雨妹よりも
先輩にあたるが、雨妹が手荒れを治す軟膏や
化粧水を作ってくれてからというもの、
後輩のように懐いてきてくれる。

**路美娜** ル・メイナ

台所番を務める恰幅の良い宮女。
雨妹によくおやつを作って
持たせてくれる
神様のような存在。

**楊玉玲** ヤン・ユリン

後宮の宮女たちをまとめる
きっちりした宮女。
雨妹の目と髪の色を見た瞬間に
雨妹の出自に気づき、以降、
それとなく気にしてくれている
面倒見のいい姉御。

# 序章

季節の移ろいとは早いもので。

花の宴《うたげ》が終わって春が過ぎた崔《サイ》の国の梗《キョウ》の都には、既に夏の気配が迫っていた。

そんな都の中心にある皇帝が住まう百花宮《ひゃっかきゅう》の片隅では、日陰で雨妹《ユイメイ》が休憩していた。

「う～ん、都って暑いなぁ……」

雨妹はそう零《こぼ》しながら、竹の水筒からグビッと水を飲む。

暑くなると、辛《つら》くなるのが掃除の仕事だ。

日陰での作業の時は多少は涼しいのだが、そうでなければ肌に汗が滲《にじ》む。今でも既にそうなのだから、夏の盛りになると干からびるのではなかろうか？

これが前世のように半袖短《はんそで》パンみたいな格好になれたら、もっと涼しく過ごせるのだろうが、生憎《あいにく》とこの国では、そういう肌を露出させる文化はない。鉱山などの労働者だといるようだが、街中でやると変質者だと思われて、下手をすると捕まってしまうだろう。

そのせいで、余計に暑い思いをすることになっていた。

これまで暮らしていた辺境だって、それは暑さの厳しい土地だったのだけれども、空気はカラッと乾いていた。

一方で都は気温的には辺境よりも低いのだが、なにしろ湿気がある。体感的には、前世の日本の夏に近いだろうか。なのでこちらとしても馴染《なじ》みのある気候ではあるのだが。

——でも、辺境の気候に慣れた身体《からだ》には辛い……。

雨妹ははしたないとは思いつつも、服を少し寛《くつろ》げてパタパタと揺らし、肌に風を送り込む。

こうしてだらけている雨妹だが、花の宴の後で環境が変わったかと言えば、全くそんなことはない。

太子に己の素性が知られているのかと思うものの、あれ以来そんな話をされたこともない。たまに立彬《リビン》と遭遇するが、世間話をするくらいで、いたって平和な毎日である。

——まあ、平和が一番だけどねぇ。

雨妹は現在の生活に不満があるわけではないので、なにも言われないのはむしろありがたいと思っていた。

けれどそれにしても、だ。

まだ夏の初めである今の時期からこれでは、本格的な夏が来てしまったら、雨妹は氷のように溶けてなくなってしまうのではなかろうか？

そうならないためにはどこかで避暑といきたいところだ。そして夏といえば山と海だろう。中でも海は、前世では毎年家族で海水浴に行ったものである。

——でも、そんな所に行けないよねぇ。

百花宮の宮女である身では、海水浴など叶《かな》わぬ夢ということだ。

というか、この国には遊びで泳ぐという文化が浸透していなかったりする。泳ぐのは漁師くらいのものだろう。なので泳ぐための道具などが発達しておらず、まして泳ぐ施設などないここで今の雨妹にできるのは、せいぜい大きな桶《おけ》に水を張ってミニプール気分を味わうくらいだ。

――あ、けど水着もないか。

そう、泳ぐ文化がないならば、泳ぐための衣服である水着もないわけで。どうやらミニプールも難しそうだと気付き、雨妹は余計に暑く感じてガックリする。

「あ～あ、なんか涼しいことがないかなぁ～」

そうボヤくしかなさそうだった。

けれどまさかこの泳ぐ……というより海水浴の夢が叶うかもしれないことになろうとは、雨妹も今の時点で考えてもいなかった。

# 第一章　外への誘い

暑くなると、ツルンとしたのどごしの食べ物が恋しくなるもので。

雨妹《ユイメイ》は外で座るのに手ごろな石に腰掛け、美娜《メイナ》に貰《もら》った豆花《トウファ》をウマウマと食べていた。

豆花とは大豆から作ったプリンのようなものである。甘い煮豆や果物を盛ったり、蜜《みつ》をかけて食べるのだが、一方で辛く味付けしておかずにしたりもできるという万能な食品だ。

今食べているのは甘い豆花で、糖蜜をたっぷりかけてもらっていた。

「美味《おい》しい〜」

雨妹はプルンとした豆花を口に入れて悶《もだ》える。井戸水で冷やされているので、口の中が冷たくなるのが、またいい。

冷蔵庫などないこの国では、ひんやり食感は貴重なのだ。

本日はいい感じに快晴で、しかもお休みの日。だらだらしながら食べる豆花は一段と美味しいもの。

「う〜ん、甘くて幸せ」

雨妹が豆花の美味しさにとろけそうになっていると。

「小妹《シャオメイ》、ここにいたのかい」

「はい、なんでしょうか！」

楊《ヤン》の声がしたので、慌てて石から立ち上がる。

休みなのでだらけていても問題ないのだろうが、宮女――つまりは雨妹たちを監督する立場である上司の前となると条件反射でこうなってしまう。

しかし、楊はそんな雨妹の態度は気にせず、その手元に目を留めた。

「いいものを食べているねぇ」

「これですか？　夏にはピッタリな美味しさですよね。暑くて食欲が減っても、これだけは食べられる気がします！」

雨妹は夏の甘味の美味しさを誰かと共有したくて、楊に豆花の素晴らしさを伝える。いや、雨妹は暑いからと食欲が減るようなことはないのだが、一般論を言ってみたのだ。

「どうせ作ったのは美娜だろう？　どれ、後で強請《ねだ》りに行こうかね」

すると普段、雨妹が饅頭《まんじゅう》を食べていても欲しがらない楊が、豆花に目を細める。どうやら彼女は甘い豆花が好物のようだ。

けど楊は、豆花目当てに雨妹に声をかけたのではなかったわけで。

「あの、私になにか御用でしたか？」

「ああ、それを食べてからでいいからついてきな」

雨妹が尋ねるとそんなことを言われるが、ここで「あ、そうですか」とのんびり食べるわけにもいくまい。

というわけで、雨妹は豆花を急いで口の中にかき込む。

――あぁ、もっと味わって食べたかった……。

また今度美娜に作ってもらおうと心に決めつつ、器を台所へ返して戻って来る。

「じゃあ行くよ、こっちだ」

そう言われるがままに楊についていき、回廊を長々と歩いてとある小部屋に入ると、中には先客がいた。

「あれ、立彬様《リビン》？」

何故《なぜ》ここにいるのかと目を瞬かせる雨妹に、太子付き宦官《かんがん》である立彬が告げる。

「私がお前を呼んでもらったのだ」

「……そうなんですか？」

雨妹はもう一度目を瞬かせる。ならば一体何用で呼ばれたというのか？　雨妹的には、立彬と会うといつもなにかが起きるので。

――今度はなんだ⁉

思わず身構える雨妹に、楊が言った。

「太子殿下が外出されるお供として、小妹を連れて行きたいそうだよ」

「……はい？」

雨妹はきょとんとした顔をする。

――外出のお供？

それは、思ってもみない話であった。

後宮に暮らす女たちは、基本的に外へは出られない。だがしかし例外があって、皇帝や太子の外出へ付き添う形だと、後宮の外へ出ることができる。

けれどそのようなことになるのは、当然皇帝や太子に近しい女たちに限られる。最近皇帝やら太子やらと話をする機会があったものの、身分としてはまったくもってそういった人々に近しくない立場である、下級宮女の雨妹に巡って来るような幸運では、どう考えてもないだろう。

太子の外出のお供くらい、太子宮にはそれなりにいるだろうに。わざわざ立彬をよこして雨妹を指名する意味がわからない。

「なんで、私なんですか？」

「お前、普通ここは喜びはしゃぐ場面だろうが」

疑問をぶつける雨妹に、立彬がため息を吐《つ》いた。

「そんなこと言われても困ります」

まるで空気の読めないお馬鹿さんみたいな言い方をされて、雨妹はムッとする。

こちらとしては、そうおかしな反応をしたつもりはない。雨妹はそんな機会など巡って来ないと思っていたし、だいたい、後宮は広いため息苦しさもあまり感じない。都で不自由なく育った者は違う意見だろうが、少なくとも不自由だらけな辺境に比べれば、足りている生活だ。

――欲を言い出せばキリがないし、外へ出ても日本みたいに便利なものが手に入るわけでもないし。

故に、外への憧《あこが》れというものがさほど強くないのである。

このように現状をすっぱりと割り切っている雨妹だったが、立彬や楊にとっては奇異に見えるらしい。

「変わった娘《こ》だねぇ」

「全く同意します」

楊の少し失礼な言葉に、立彬が深く頷《うなず》いている。

——変わってないし、個性的なだけだし！

ともあれ、雨妹が太子のお供をするのは決定事項らしい。

「詳しくはここでは言わんが、泊まりの用意をするように。そしてこれを着て来い。明日の朝に出立だ、日の出までに乾清門《けんせいもん》の前で待っていろ」

そんな簡単すぎる説明をされ、みすぼらしい格好で連れて行くわけにはいかないということで、外出用の服を手渡される。

というわけで、雨妹は急遽《きゅうきょ》太子のお供をすることに決まったのだった。

「さあ、明日太子殿下をお待たせしないように、さっさと帰って支度しな」

そう楊に言われて追い立てられたので、雨妹は部屋に戻りながらの道中、支度の内容について考える。

——えーっと、なにがいるんだろう？

今世において旅となると、辺境から都までやってきた旅しか経験がない。その際は背負える程度の包み一つでやって来たものだが、今回はそういうわけにはいくまい。

そもそも先程立彬は、期間を言わなかった。ということは、「ちょっとそこまで」という短い旅程ではないのだろう。そしてこの国は前世のように、旅先でコンビニに寄って色々買えるというわけではないのだから、必要なものは全て持っていくに限る。

着替えや洗面道具などは、すぐに揃《そろ》う。櫛《くし》や手巾《しゅきん》、沐浴《もくよく》をするなら浴衣、そして手作り石鹸《せっけん》程度でいいだろう。

――ああ、それと忘れちゃいけない下着！

これだけは、自分で持って行かないと代わりが手に入らない。

というのも、この国の女性用の下着というのは、衵服《じっふく》という襦袢《じゅばん》のようなものを着るだけだったりする。その下はなし、すなわち前世で言うところのノーパン状態だ。日本の記憶のある雨妹としてはそれでは大変心もとないため、昔からパンツを手縫いで作っている。ゴムがないため紐《ひも》パンだが。

「でも、洗濯なんてそんなにできないかもしれないし。足りるかなぁ？」

雨妹は毎日、夜に自分で紐パンをちょいちょいっと洗濯してやり繰りしている。今のところ少ない枚数で足りていたので、それほど替えを持っていないのだ。

――途中のどっかで布を買って、縫うかな？

太子が宿に入った後で出かけて、どこか店で買い物をして、宿でパンツを縫ってはどうだろうか？　雨妹はそんな風に計画して、次に用意するものを考える。

旅をするのに、雨妹が前世で必須《ひっす》にしていたのが、救急道具だ。旅行の際には必ず手当ての道具や薬などを一揃《ひとそろ》い持って行っていた。嵩張《かさば》るよりも、万が一のことがあって、いつもの常備薬が出先で手に入らない方が嫌だったのである。

「う～、念のために包帯代わりの清潔な布を持っておきたいし、あと消毒液のために酒精も欲しいし……となると、陳《チエン》先生のところに行くっきゃないか！」

というわけで、雨妹は部屋に戻る前に、医局へ突撃することにした。

「ほう、太子殿下のお供ねぇ」

医局で雨妹の話を聞いた陳は、目を丸くしていた。

「なんていうか、私みたいな下っ端宮女が一緒についていくだなんて、変ですよね？」

雨妹の疑問に、陳が頷く。

「まあ、聞かないのは確かだな」

——やっぱりか。

前例のないこととなれば、なにがあるかわからないということでもある。だとすると余計に『備えあれば憂いなし』なわけで、応急手当のための一揃いを持っていきたい。

「……というわけですんで、色々と分けてもらいたいんです」

雨妹は自分の考えを告げて、旅に持っていきたいものを挙げる。

薬などは専門的な知識が必要であろうから、持ち出しは難しいかもしれないが、他の持っていけるものは持っていきたい。特に清潔な布というものは、いつでもどこでも手に入るわけではない。

「こっちで分けられるのは、分けてやるがよぉ。しっかし女の旅支度ってのは、もっと違うモンなんじゃねぇのか？　こんなところに来ている場合じゃあないだろうに」

呆《あき》れ顔《がお》の陳が言いたいのは、化粧や服などの身繕いの準備の方が大事だと、そういうことだろう。どこかへ出かけるのに、女が化粧と服装に時間をかけるのは、どの世界でも共通のことらしい。いや、前世では後のほうになれば、男も化粧と服装に時間をかけるようになっていたか。綺麗《きれい》でいたいという気持ちは、なにも女だけの特権ではなかったのだ。

そんな話はおいておくとして。

生憎《あいにく》と今現在の雨妹は、時間をかけて選ぶような服も化粧品も持っていない。着替えの服なんて、おそらく辺境から出てきた時同様に、小さな包み一つに入るだろう。洗面用具は、基礎化粧品を旅先でも自作できるように、材料を持っていけばいい。

そんなあれやこれやを纏《まと》めても、大した荷物になりはしないのだ。

「……他に特に時間をかけるべき支度というものが、思い当たらないですね」

「はぁ、なんていうか雨妹、お前は変わり者だよ」

雨妹が真顔で事実を言うと、陳がため息を吐く。

「失礼ですね、優先するものが人と違うだけですよ」

二度も呆れられた雨妹は、不満顔で言い返す。雨妹だって別段、お洒落《しゃれ》が嫌いなわけではない。ただなんだって命あってのもの、健康が第一なのだ。

というわけで、雨妹は陳から包帯代わりの布と消毒用の酒精、念のためということで、傷を縫うための針と糸を渡された。

……針と糸は、渡されたので受け取るが、陳はこれを雨妹が使えると思っているのだろうか？　さすがにこれは、前世でも医師の領域だったのだが。まあ、やり方は知っているし、裁縫仕事の腕前は普通なので、布の代わりに皮膚を縫うと思えば、やれなくもない気がする。やられる方は災難だろうが。

この針と糸を使う羽目にならないことを祈るとして。

あとは陳が胃薬と熱さましの薬を、飲む際の注意が書かれた紙と一緒にくれたので、それらを加えれば救急道具が完成だ。

「陳先生、ありがとうございます！　なにかお土産を買ってきますね！」

「おぅ、だったら珍しい茶がいいな。最近茶に凝っているんだよ」

笑顔で礼を言う雨妹に、陳がそんなことを言う。確かに陳の所に遊びに来ると、色々お茶が用意されていたか。

「了解です！」

陳からのお土産の要望を聞き入れたところで、医局を後にして。

雨妹が次に向かうのは、台所の美娜の所だ。

「美娜さーん！　お話があります！」

「おや阿妹《アメイ》、なんだい？」

台所を覗《のぞ》くと、美娜はちょうど休憩しようとしていたと言うので、外の日陰で話をしようと移動した。

夏になると台所は暑くていられないため、台所番はこうしてちょくちょく外へ逃げるし、食事も食堂で食べる人が少なくなるのだが、それはさて置き。

雨妹は美娜に、外出をすることになった経緯をざっと話す。

「へぇ～、太子殿下のお供かぁ」

「はい、しばらく美娜さんのおやつが食べられないと思うと、切なくなりますけど。仕方ないので我慢して行ってきます」

雨妹が旅に出る際の心配事は、おやつ——特に甘味が手に入りにくくなることである。

ここ数か月で美味しいご飯にすっかり慣らされた雨妹の胃袋にとって、旅の食事の定番である保存食は、今から考えるだけでげんなりする。

——いや、太子一行の旅なんだから、ちゃんとしたご飯が出る宿に泊まるのかも？

一瞬そんな希望が湧くものの、けれどそのちゃんとしたご飯というのは、あくまでも太子についての話である、と思い至る。お供の雨妹の分については、やはり期待しない方がいいだろう。

辺境から出てきた際は、もっと寂しい食事情だったので気にならなかったが、今はあの頃に比べて、すっかり贅沢《ぜいたく》になってしまった。そして人間、贅沢な生活から落ちるのは、とてつもなく辛《つら》いのである。

心底しょんぼりな雨妹を憐《あわ》れんだのか、美娜は雨妹の頭を撫《な》でると。

「なら、麻花《マーホア》を作ってあげるから、明日持っていって道中で食べな」

「わぁ、本当ですか⁉　やったぁ！　ありがとうございます！」

こうしておやつを調達できた雨妹は、美娜にも「お土産を買ってきます！」と約束をした。

部屋に戻ってついでの作業で着替えと洗面用具を集めれば、もう準備万端だ。


翌朝、日が昇るよりだいぶ前。

雨妹はいつもよりも早いまだ暗い頃から、室内に蝋燭《ろうそく》の火をともして、立彬から与えられた服装に着替えていた。

用意された服は木綿の生地だが、宮女のお仕着せに比べるとちょっとお洒落な意匠である。

――おお、可愛《かわい》いんじゃない？

雨妹だってお洒落な服を着れば多少は心が浮き立つというもので、鏡の前でくるりと一回りしてニマニマしてから、昨日纏めた荷物を背負うと、約束の時間に間に合うように乾清門へ行く。

百花宮《ひやっかきゅう》から外へと繋《つな》がる門はいくつかあり、雨妹が辺境からやって来た際は東の端の門から入ったのだが、今回立彬に指定されたのは、執務が行われる外朝との境である乾清門だ。この門を真《ま》っ直《す》ぐ進めば、宮城の表玄関ともいえる南の正門へと続く大通りに出るのだ。

――こっちの方ってあんまり来ないから、迷いそう……。

日の出前で薄暗いために周りが見えづらいこともあり、道が合っているのか覚束《おぼつか》ない雨妹だったが、やがて優美というより、堅牢《けんろう》な造りの門が見えてきた。あれが乾清門で、どうやらちゃんと正しい道を選べていたようである。

恐らく有事の際は、この門を閉じて敵から中を守るのだろう。

そして乾清門の前には既に立彬がいたのだが。

――うん？

雨妹は思わず首を捻《ひね》る。立彬の服装がなにやら変だ。彼は簡素な鎧《よろい》姿で腰に剣を下げ、まるで兵士のように見える。

どうしてあんな格好なのかと、雨妹としては気になるところだが、まずは待たせてしまったことを謝罪する。

「お待たせしまして、申し訳ありません」

深々と頭を下げる雨妹に、立彬は視線で門の横にある待機場所のような部屋を示す。

「まずは話をするので、あちらに入れ」

そう言われて立彬と共にその部屋へ入ると、中で太子がお茶を飲んでいた。

「お待たせいたしました」

太子に向けても謝罪すると、太子はニコリと微笑《ほほえ》んだ。

「いいんだよ、時間通りなのだからね」

時間通りだとて、「遅い！」と苦情を言われることは多々あるので、そう言ってくれるのはありがたい。けれどそれよりも雨妹が気になるのは、太子が一見どこぞのお役人みたいな格好で、他の宮女を一切連れていない様子がないことだ。

「あの、私以外には誰かいないのですか？　太子宮の宮女は？」

――他の場所に待機しているとか？

雨妹の質問に、太子がフワリと微笑《ほほえ》む。

「いないね、今回連れて行く側仕《そばづか》えは雨妹一人だ。今、私が信頼している女官や宮女を、できるだけ太子宮から動かしたくないんだよ。よからぬことを考える人たちがいるからね」

太子の答えに、雨妹は「むぅ」と唸《うな》る。

――その信頼する者たちの代わりとして、私に目を付けたということか。

つまり自分はよからぬことを考えない女だと認識されているというわけで。

「それに、これはお忍びだからね」

太子が悪戯《いたずら》っぽい表情を浮かべるが、この外出がお忍びとか、今初めて聞いたのだが。

いやでも、それならば太子のこの格好の理由も納得できる。けどそれでも護衛が必要だろうに、ここには武装しているとはいえ、宦官《かんがん》の立彬しかいない。

「近衛《このえ》は？」

この疑問にも、太子が微笑んで告げた。

「後で合流する者が数人いるけど、基本的に立勇《リーヨン》がいれば十分だよ」

雨妹は耳慣れない名前を聞いた気がした。

――立勇？　立彬じゃなくて？

もしやこの剣を下げている立彬風の男は、立彬ではないのだろうか。

「立勇さんは、双子の兄弟でもいますか？」

雨妹の疑問に、立勇は眉《まゆ》を微《かす》かに動かす。

「そういうことにしておくんだな」

「いる」とも「いない」とも違う答えに、雨妹はなんとか普段通りの顔を張り付けたまま、内心では凄絶に嫌な顔をしていた。

そんな雨妹に、太子がさらに言ってくる。

「そうだ雨妹、言っておくのを忘れていたけど。これからの私は、ただの役人の明《メイ》だよ、間違えないようにね？」

「はぁ……」

雨妹はもうツッコミを入れる気力がなくなってきた。

太子の名前は明賢《メイシエン》だから、そこから取って明なのだろう。要するに「太子」と呼ぶなということらしい。それはわかるのだが。

「さあ、練習に呼んでごらん？」

太子がキラキラした目で促してくる。雨妹は「いいの？　これ」と内心で首を傾《かし》げ、立彬――ではない、立勇の方を見る。

「あの、ああ仰《おっしゃ》っていますけど、いいんですか？」

これに、立勇は軽く肩を竦《すく》めた。

「……道楽に付き合って差し上げろ」

それは諦《あきら》めの滲《にじ》み出《で》ている言葉だった。太子のお供とは、実は無茶ぶりに対する苦労が多いのかもしれない。

太子に視線を戻すと、相変わらずキラキラした笑顔で待っていた。

そして太子からの圧に負けて、雨妹は口を開く。

「……ええと、明様？」

「ああ、それでいい」

太子が嬉《うれ》しそうに頷《うなず》いている。

このやり取りでもう、出立前から疲れてしまう雨妹だった。

――ねえ、絶対面倒臭いヤツだよね、これ⁉

今からでも逃げ戻りたくなるが、当然そんなわけにはいかず。

かくして雨妹は、非常に胡散臭《うさんくさ》い太子のお忍びのお供をすることになった。


それから移動をすることしばし。

只今《ただいま》門から出た雨妹は一人、日が昇ったばかりだというのに賑《にぎ》わっている大通りの露店を見て歩いていた。

「なにあれ⁉」

「へー、珍しーい」

「面白ーい」

雨妹はそんなことを呟《つぶや》きながら、ウロウロ、キョロキョロしている。その間、太子と立勇は少し離れてぼうっとして待っており、どちらが供をしているのかわからない状況である。

何故こうなったかと言うと、太子一行は馬車に乗って梗《キョウ》の都から出るらしいのだが、百花宮の外へ出たことのない雨妹のために、南の正門まで延びる大路を少し歩いて行くという、心遣いを発揮してくれたためである。

太子が徒歩で大通りを行くなんて大丈夫かと心配したのだが、この太子はどうも街を歩き慣れているようで、道行く人に溶け込めている。

そしてむしろ全く溶け込めていないのは、雨妹の方だった。なにせ、まるっきりおのぼりさんそのままなのだから。

いや、一応言い訳をするならば、雨妹とて最初は太子の歩みに後ろから静かについていこうと思っていたのだ。日本のような便利な品が手に入るわけでなし、そうそう露店に惹《ひ》かれたりしないぞとも考えていた。

そんな風に斜に構えていた雨妹だが、今は前言撤回したい。

——強がっててゴメン、外って面白い！

興味を惹くものが目に入ると、つい足を止めてしまう。そしてハッと気付けば、数歩先で太子たちが待っている。それを繰り返すこと数度。

「気が済むまで見ていいんだよ」

太子の許しが出たので、開き直って露店巡りをしているというわけだ。

「ああしていると、普通の娘に見えるねぇ」

「女の買い物は長いですから、待っているとキリがありませんよ」

興味津々で露店を巡る雨妹を見て微笑ましそうな太子に、立勇はそんな悟ったようなことを言う。

二人のそんなやり取りが聞こえつつも、雨妹は目の前の物を眺めるのに忙しかった。太子公認での露店巡りだなんてもうないだろうから、この機会は逃すわけにいかないのだ。

梗の都は港と繋がっているのか、海外からの渡来品もあり、その中に雨妹が初めて見た物もあれば、現代日本の便利グッズに近いような物まであった。

特に気になったのが、動物や花の形などの模様にくぼみが彫ってある鉄板である。サイズは小さめのホットプレート並みで、例えばこれに卵を流せば可愛い卵焼きができるわけだ。これで美娜に可愛いお菓子を作ってもらうのはどうだろうか。

雨妹がうっとりと鉄板を眺めていると。

「欲しいのかい？」

背後から、太子に声をかけられた。

「欲しいっていうか、珍しいなって思ったっていうか、でもやっぱり欲しいかもと思わなくもないっていうか」

大人なんだから欲望くらい抑えられるぞと言いたかったのだが、最終的に欲しいが勝ってしまう。

「……店主、いくらだ？」

結果、立勇がその露店にお代を払ってくれた。どうやら買ってくれるらしく、この鉄板は雨妹の部屋まで届けてもらうこととなる。

こうして露店巡りに満足した雨妹は、太子のお供に戻った。

そしてようやく南の正門に着くと、御者を乗せて待っていた軒車《けんしゃ》という所謂《いわゆる》箱馬車が用意してあった。

——おお、軒車って見たことはあるけど、初めて乗る！

軒車を前に、雨妹は気分が上がる。庶民が乗れるのは屋根も壁もない荷車のようなものなので、辺境から出てきた際も非常に辛かったものだ。

しかし軒車に乗るのは雨妹と太子だけで、立勇は近衛として馬に乗って並走するようだった。他にも荷物を積んだ荷車と、数人の立勇と似たような格好をした護衛がいるが、軒車の中で太子と二人きりであることは変わらない。普通、軒車の中にも護衛が乗るのではないのか？　それとも、なにかあったら自分に壁になれと言いたいのか？

不安になった雨妹は、馬の準備をする立勇にスススッと近寄る。

「あの、お忍びとはいえ仮にも……なのに、私が一緒で色々大丈夫なんでしょうか？　襲われても、私はなんにもできませんが」

小声で「太子殿下」のあたりをぼかしつつ尋ねる雨妹に、立勇は眉を上げげた。

「そのような心配は不要だ。軒車の中に被害が及ぶようなことにはさせない。それに護衛を少数だけ見せているのは目立たないようにするためで、視界に入らないが露払いはしっかり配置してあるからな」

立勇の答えに、雨妹は「なるほど」と頷く。

――陰の護衛はちゃんといるわけか。

どうやら雨妹が有事の際の肉の壁扱いされているわけではないらしい。そのことに安心した雨妹は軒車に乗り込み、やがて走り出した軒車の中で、太子から改めて今回のお忍び先について聞かされた。

「向かっているのは徐州《ジョシュウ》だよ」

「はぁ……」

太子に言われても、間抜け声が漏れてしまったのは勘弁してほしい。

――そんなことを言われても、そもそも徐州ってどこよ？

実のところ雨妹は、この国の地理を知らない。というより地理というのは、庶民が普通に持てる知識ではない。何故なら詳しい地理の知識は軍事に直結するため、秘匿されているものなのだ。昔の日本でも詳細な地図は軍事機密扱いだったと聞くし、これはどの世界のどの国でもさして変わらない事実なのだろう。

だからこの国でも、庶民が知っているのは自身の住んでいる場所周辺の街や村程度。遠くになると「この国にはそんな場所があるんだ」という認識になる。

「わからないだろうから、この地図を見るといいよ」

そんな雨妹の疑問を見越していたかのように、太子が簡素な地図を見せてくれた。字が読めない人でもわかるように、絵で説明する種類の地図だ。

この地図によると、この国は毅州《キシユウ》、苑州《エンシユウ》、青州《セイシユウ》、徐州、揚州《ヨウシユウ》、荊州《ケイシユウ》、輿州《ヨシユウ》、梁州《リヨウシユウ》、耀州《ヨウシユウ》という九つの州で成り立っている。耀州が皇帝の直轄地として中央にあり、その周囲に毅州から順に時計回りに配置されている感じだ。

そして北西に雨妹がいた砂漠に面した辺境があり、南東部には海に面している。

今から向かうのはこの海に面した南東部の徐州の街、佳《カイ》という所だという。

「海の向こうの船も泊まる大きな港があってね、たくさんの船がずらりと港に並ぶ光景は、なかなか壮観だよ」

「へぇ～、ではきっと賑やかな所なんでしょうね」

雨妹は港町だという佳を想像する。泊まっている船は帆船だろうか、ガレー船だろうか。どちらにしてもロマンがありそうであった。

そして太子は、そこへ一体なにをしに行くのかというと。

「妹に会いに行くんだよ」

そう切り出した太子によると、妹公主の名は潘玉《パン・ユウ》と言い、徐州を治める一族である黄《ホアン》家の子息に降嫁したのだという。

黄家は海の支配者の一族で、皇帝の威を恐れない強者《つわもの》だそうで。そこへ誰を嫁がせるのかでなかなかに揉《も》めた挙句に、結果潘公主に決まったのだとか。

その潘公主は、雨妹より二つ年上の十八歳。つまり雨妹にとっては姉になるわけである。

彼女に会いに行く理由を、太子が話すには。

「玉は冬の終わりに酷《ひど》い風邪をひいたらしいのだけどね。風邪自体は治ったけれど体力が戻らないらしい」

「そうなのですか」

雨妹は相槌《あいづち》を打ちながらも、春先に後宮に吹き荒れたインフルエンザの嵐を思い出す。

あのインフルエンザも難敵だったが、通常の風邪だって拗《こじ》らせると厄介だ。たとえ熱が下がっても鼻や喉《のど》の炎症が治まらなかったり、色々な後遺症があったりして、治っても油断ならない病気である。

「玉の食欲が落ちて痩《や》せていると聞いて、様子見と見舞いの品をと思ってね。でもこちらが大仰にすると、あちらも大仰に出迎えなければいけないだろう？　だからこうしてこっそりと行くんだよ」

「そうだったのですね」

雨妹は太子の説明に頷く。

こちらが正面から大勢を連れて行けば、潘公主もたとえ臥《ふ》せっていても持て成しのために動かなければならない。それでは本末転倒というわけか。

「玉の住まいのある佳までちょっとした旅行になるけど、ここは道が整備されているからね、普通だと耀州を出るのに二日、そこから佳まで一日で到着するのだけど、今回はもっとゆっくり進むよ」

太子の説明に、雨妹は驚くしかない。

自分が辺境から出てきた時は、野を越え山を越え谷を越えの連続で、かなりの長旅だったというのに。海へ行くのに、まさかのたった三日程とは。この旅程の違いは、辺境が無駄に広かったという事情もあるだろうが、原因はそれだけではない。

――確かに、こっちの道は綺麗《きれい》かも。

辺境からの道は人が歩いて踏み固められた道ならばいい方で、悪ければ獣道、もっと悪ければ道すらないという有様だった。

しかし一方のこちらは、いかにも街道という風情の平坦《へいたん》で幅広な道で、荷車同士が余裕ですれ違えるだろう。

それに、まさかの石畳である。これならば車輪がぬかるみにとられることがなく、移動も早いはず。海への道がいかに重要視されているのか、わかろうというものだ。

この道の違いで、自分がいた辺境がいかに辺鄙《へんぴ》な所だったのかを、雨妹は今になって改めて思い知らされる。

――でも、海へ向かうってことは、海の魚が食べられるのかな⁉

雨妹はそのことに思い当たってしまうと、カッと目を見開く。

思えば今世での魚といえば、辺境に流れる川で自力で獲《と》れる小魚程度しか口にしておらず、大河で漁師が獲るような大物など、夢のまた夢。後宮でも雨妹のような下っ端宮女となると、川魚といえども口に入ることはなく、全て妃嬪《ひひん》たちの食卓へと回されてしまうのだ。

それが海の魚ともなれば、夢どころか幻である。前世だと冷蔵設備が整っていたので、山の中でも海の魚を食べることができたのだが、ここだとそうはいかないわけで。

――魚、魚が私を呼んでいる！

がぜん目的地に興味津々になった雨妹は、海のある場所に嫁いでくれた姉公主に感謝したくなったのだった。

＊＊＊

雨妹たちがこうして出立する数日前。

明賢が皇帝である父、志偉《シエイ》に呼び出され、執務室に出向いていた。

護衛である立勇は扉前での待機だったので、皇帝の護衛と並んで立っていたのだが。

――ずいぶんと長いな。

長引いている話に不安を感じつつ、「面倒な話でなければいいが」などと考えながら、明賢が出てくるのを無言で立ったまま待つことしばし。

「やあ、待たせたかな」

ようやく明賢が出てきた。その表情は暗いものではないように見えて、立勇は面倒な話ではないかというのは杞憂《きゆう》だったかとホッとしながら、明賢の執務室まで移動した。

そこで待っていた明賢付き女官である秀玲《シオウリン》にお茶を淹《い》れてもらい、人心地ついたところで。

「突然だが、徐州へ行くことになった」

明賢がそう話を切り出した。

「なんと」

「徐州ですか？」

明賢が告げた地名に、立勇と秀玲が揃《そろ》って眉《まゆ》をひそめる。

徐州といえば、崔《サイ》国でも有力氏族である黄家の治める土地である。

そもそも黄家とは、先代皇帝の時代までは領土を削り合う間柄であった一族だ。

他の領土の氏族たちとて、平和に仲良くできているとは言えない関係ではあるのだが、黄家はまた特別であった。

まず黄家は、海賊を祖とする一族だ。故に大陸に根差して暮らしてきた他の氏族とは、文化や風習が全く違い、そのために反発が多かった。

さらには崔国で唯一海を有する領土である故の、外海から得られる潤沢な資金に支えられた軍隊は、かなり強い。

陸でも強いが、海に出れば負け知らずとして、力で皇帝に対して堂々と楯突《たてつ》く一族。それが黄家である。

それが皇帝と停戦となったのは、現皇帝である志偉の代になってからだった。それまで黄家に辛うじて押し負けていなかった皇帝側であったのを、志偉が押し返したのだ。黄家を打ち負かした皇帝は史上初であり、これが志偉の名声を高めた大きな一因となったのだが。

今はその黄家との友誼《ゆうぎ》の証《あかし》として、黄家直系である青年の下へ、明賢の妹公主の潘玉が降嫁している。

「それでね、その玉が長く臥せっているようだというのは聞いていたんだけれど、黄家からの報告よりもかなり具合が悪そうだというのを、父上がつかんだらしくてね」

これまでは潘公主が臥せっていると聞いても、なんの反応も見せてこなかった志偉であったが、とある娘と出会ってから、その意識を全く違うものへ変化させたようだ。

「『父として、子を心配するのは当然である』と仰せられてね」

けれど当然ながら、皇帝が直々に見舞うわけにもいかない。故に皇帝の代わりに明賢が、潘公主の様子を見てくるように言われたらしい。

「その際に、こちらから医者を連れて行くのはね、先方に嫌味だととられるかもしれないだろう？だから『知恵の回る博識な宮女』を一人、供に連れて行けと命じられたよ」

明賢のこの言葉に、立勇は自身がなんとも言えない顔になったのがわかった。

「『知恵の回る博識な宮女』、ですか……」

立勇にはその条件で思いつくのはただ一人——雨妹しかいない。

「確かに、下手な藪医者《やぶいしゃ》よりも頼りになりそうではありますがね」

それにしても、このような話をしていたのなら、話が長くなるのも納得である。立勇が訳知り顔で頷《うなず》いていると、明賢がそれを見てクスクスと笑う。

「徐州へ行けというのは、顔を合わせてすぐに終わったんだよね。話が長かったのは、『供の安全にはくれぐれも気を付けるように』っていうのを、何度も何度も念を押されたからなんだ。私の心配よりも供の心配の方が長いなんて、おかしいったらないよ」

そう言って明賢はお茶で喉を潤してから、表情を和ませる。

「父上はね、おそらく雨妹に外を、海を見せてやりたいと思われたのではないかな？」

明賢の予測に、立勇は黙って眉を上げる。

宮女である雨妹は、現状だと自力で百花宮の外を見ることができない。そのあたりを本人が気にしているかは知らないが――というより、むしろ気にしていなそうだが、志偉はそれを可哀想《かわいそう》に思ったのだろうか。

志偉は皇子や公主たちに、特別な興味を示したりはしない。志偉が誰か一人を特別に可愛がると、その母の一族が力を持つことに発展する。結果、それが国内の乱れる原因になり得るからだ。

後宮は、国の縮図であるとはよく言ったものである。

そしてそれは太子であっても同じことで、明賢が志偉から特別に目をかけてもらったということはないことを、立勇は知っていた。

そんな中で、雨妹という存在は後宮の輪から外れていると言える。

志偉が愛した亡き張《チャン》美人の娘であるというのに、公主ではなく、なんの後ろ盾もないただの掃除係の宮女である。そのため、志偉が愛情をかけても困らない相手であるのだから。

だから雨妹に仕事ぶりを労《いた》わる意味で贈り物をするのは、自由なのだ。

この贈り物は装飾品ではなくて消えもの、つまり食べ物であるとなおいいだろう。事実、志偉は王《ワン》美人の存在を隠《かく》れ蓑《みの》にして、雨妹におやつの差し入れをしているそうだ。最近王美人から貰《もら》うおやつの品質が上がったと、立勇は雨妹本人から聞いている。

『美味しいし、嬉《うれ》しいんですけど、いいんですかね？』

突然高価になったおやつを貰って戸惑う雨妹に、立勇は「黙って貰っておけ」としか助言のしようがなかった。

そして志偉はそれと同じ気持ちで、「雨妹にもっと外を見せたい」と考えたのかもしれない。

「まあどんなきっかけであれ、最近の父上は政務に意欲的に取り組むようになられて、私の方に流れてくる仕事も減ってきた。おかげでこうして、私が遠方へ視察に出る余裕ができたわけだ。久しぶりに視察ということだし、気合を入れなければね」

明賢がそう言って外を見る、その横顔を立勇は観察する。

――相当、楽しみであるようだ。

本人は表情に出さないようにしているみたいだが、長い付き合いの立勇には、明賢がソワソワしているのがわかる。

明賢にとっても、雨妹が他の兄弟・姉妹よりも特別な存在であるのは、これまでの経緯でも間違いない。幼いころにその腕に抱いた赤子の感触は、忘れられないのだろうか？　一人っ子の立勇には、そのあたりは共感するのが難しいところだ。

そんな明賢を見て、小言を言うのは秀玲だ。

「明賢様、わたくしは留守を守らねばならないので同行できませんが、くれぐれも羽目を外し過ぎておイタをしないよう、お気をつけくださいませ」

明賢の留守中の太子宮を管理することができるのは秀玲しかいないため、彼女は視察には同行できないのだ。

「わかっているとも」

明賢は心配顔の秀玲に微笑みを返す。

こうして様々な人々の思惑を乗せて、視察の旅へ赴くことになる。

＊＊＊

太子の話で、雨妹にもこれからのことが大まかにわかったところで。

雨妹はこの旅のお供に選ばれた宮女なのだから、当然ながら太子のために働かねばならない。後宮であれば、太子の世話を焼くのは宦官《かんがん》の立彬の役目であった。しかしここにいるのは、どういうわけか立彬ではなく近衛の立勇だ。そして近衛とは、むしろ世話をされる側の人である。他の護衛も、おそらく近衛の方々であろう。

――このあたりの事情を察せられない人員を、動員できなかったのはわかるけどさぁ。

宮女は雨妹一人しかいないというのに、世話する人が増えるというのはどういうことか。人手不足にも程があるし、後宮の掃除係でしかない雨妹には荷が重い。

故に、雨妹は休憩で軒車を止めた際に立勇に詰め寄る。

「あの、私ってそもそも、側仕えの仕事とかしたことないんですけど」

だから無理なことがあるのは大目に見てほしいと、雨妹は立勇にお願いしてみた。

介護系のお世話なら前世のおかげでどんと来いだが、貴人のお世話なんて前世も今世もしたことがないのだから。

雨妹の素直な告白に、立勇はため息を一つ漏らした。

「……そのあたりは太子殿下も承知しているから、できる限りでいいそうだ。私や他の連中は、自分のことくらい自分でする」

「了解です！」

立勇その他の護衛たちがお世話対象から外れたところで、早速仕事である。

馬に休息を与える必要があるため、定期的に止まって休憩をとるのだが。その際のお茶の給仕が、今の雨妹の役割である。

雨妹はお茶を淹れるためのお湯を沸かそうと、枯れ枝を集めて焚《た》いた火にかける。そして卓を設置してお茶を淹れようとしていると。

「こら待て、なんだその手順は？」

他の護衛たちと離れて雨妹の様子を見ていた立勇から、横槍《よこやり》が入った。どうもお茶の淹れ方がおかしいらしい。

――そんなこと言われてもさぁ。

雨妹としては今までお茶とは茶葉を入れてお湯を入れれば完成だったのだ。確かに、太子宮などで出されたお茶はとても上品に淹れられていたが、自分で飲む分はそれで十分で。陳のところでお茶を淹れた時も、これで苦情が来たことはない。

そもそも後宮に来るまで飲むのは白湯《さゆ》ばかりで、お茶なんて口にしたことがなかった。そして前世では、お茶と言えばもっぱらティーバッグという便利なものを使っていたりする。同じく華流ドラマにハマった友人には、中国茶にまで手を伸ばした人もいたが、自分はというとその人が淹れたお茶を飲む係だった。

それがここに来て美味しくお茶を淹れろだなんて、無理難題だ。

そんな様々な思いを口にはせずとも、黙って少し眉を寄せてみせる雨妹に、立勇が眉間《みけん》に皺《しわ》を寄せる。

「茶の淹れ方くらい知っておかねば、恥をかくぞ?」

「……はぁ」

というわけで、立勇が手本を見せてくれることとなった。

立勇はまず急須《きゅうす》代わりの蓋碗《ガイワン》という蓋《ふた》の付いた碗《わん》に、湯を注いで温める。その湯を茶海《チャカイ》というミルクピッチャーに似た器に移し、さらに小さな湯呑《ゆのみ》である飲杯《インハイ》に注いで温めたら湯を捨てた。

こうして器を温めたところで蓋碗に茶葉を入れ、湯を注ぎ蓋をして蒸らす。茶葉がある程度沈んだところで、蓋で茶葉を除《よ》けながら茶海に移し、飲杯に注《つ》ぎ分ける。

「飲んでみろ」

立勇がそう言いながら飲杯を一つ差し出すので、素直に受け取る。

――おおう、澄んだ黄金色のお茶!

前に立彬に淹れてもらった際にも思ったが、この男の手からこんな綺麗《きれい》なお茶が生まれるなんて驚きだ。恐る恐る口をつければ、甘い口当たりの中で爽《さわ》やかな香りを感じる。自分で淹れたのとは比べ物にならないくらいに、美味しいお茶だった。

——確か前に、陳先生も「太子殿下のお付きのお茶はさすがだ」とか、褒めてたっけ。

髪を結わせてもそつなくこなし、お茶を淹れさせても完璧《かんぺき》とか、どこまで凄《すご》いのだこの男は。いや、建前上は髪結いの上手な立彬とは双子の兄弟だったか。でもお茶を美味しく淹れる近衛とか、普通に考えてどうなんだろう？

目の前の男の有能ぶりに、雨妹が頭を悩ませていると。

「今やった通りに淹れてみろ」

立勇にそう言われてしまった。もうこのお茶でいいじゃないかとか、言えない雰囲気である。

「ええっと……」

雨妹がもたもたしながら茶器を手に取るのを、太子が笑みを浮かべて見守っている。その表情がまるで幼稚園児のままごとを見守る母親のようだ。

——いやいや、私ってば幼稚園児よりはできるはず！

雨妹は己を奮起させ、先程の立勇の手順を思い出しながらお茶を淹れる。そうして淹れ終えたお茶は、立勇の淹れたものよりも少し濁っていた。飲んでみると味もちょっと物足りない。なにが違うんだろうかと首を捻《ひね》る雨妹の横で、立勇も飲む。

「……蒸らしが少々足りんが、まあまあだな」

立勇からそんな微妙な評価を貰ってしまった。

こうして試飲が終わったところで、このお茶を太子にも飲んでもらうことになった。立勇の淹れたお茶でいいじゃないかと思うのだが、太子がぜひにと言ったのだから仕方ない。

太子が飲杯に口をつけるのを、ドキドキしながら見守る。

「うん、雨妹の頑張りが感じられる味だね」

一口飲んだ太子がにっこり笑って告げた。それはやはり、味はいまいちということか。これは太子のお供として、今後の精進が求められそうだ。

雨妹が美味しいお茶への道を思い、ちょっとだけしょんぼりしていると。

「ほら雨妹、この桃酥《タオースウ》をお食べ。太子宮の料理長が作ったものだよ」

太子がそう言って差し出した包みに入っていたのは、香ばしく焼けたクッキーのような焼き菓子だ。

「……いいんですか?」

「もちろん、旅の途中につまむ用にと持たされたのだからね」

尋ねる雨妹にそう答えた太子は、包みから一つ取って手に握らせる。だがここで、自分も旅のおやつを持っていることを思い出した。

「あの！　それなら私も、麻花を貰いました！」

雨妹は美娜特製麻花を出すと、桃酥の隣に並べる。そして折角貰ったのだしと、雨妹は桃酥を齧《かじ》った。すると途端にサクサクホロホロと口の中で崩れて、香ばしい味わいが口の中に広がる。しかも胡桃《くるみ》が入っていて、さらに美味しい。

「ふわぁ」

桃酥の美味しさに、雨妹が表情を緩ませると。

「……単純な」

「いいじゃないか、可愛くて」

立勇と太子がなにか言っているが、美味しいものの前では気にならない。

こうしてしっかりおやつも食べたところで、休憩を切り上げた軒車は再び走り出すのだった。

# 第二章　街道にて

太子一行が梗《キョウ》の都を出てからしばらくの道は、平穏なものだったのだが。

雨妹《ユイメイ》が軒車《けんしゃ》の揺れに音を上げるまでには、そう時間はかからなかった。

「お尻《しり》が痛い……」

「もうちょっとしたら休憩をとるから、それまでの辛抱だよ」

泣き言を漏らす雨妹に、太子が苦笑しながら慰めを言ってくる。

――軒車での旅って、辛《つら》い……。

快適なはずの軒車が、雨妹には呪いの箱に見えてくる。

旅というなら、辺境から都に来るまでの旅だって、それは険しいものだった。しかしあちらは荷車での移動だったので、途中で辛くなったら立ったり、時には荷車の横を歩いたりが可能であったのだ。

それに比べて、今回はお偉い人が使う軒車での移動である。乗る場所が箱状になっている故に、身動きできる可動範囲が限られていて、大人しく座っているくらいしか過ごし様がない。

さらに言えば、道になまじ石畳が敷いてあるので、クッション材など使っているはずもない車輪の振動が直にお尻に響くのだ。

――私、乗るなら荷車でよかったのに！

雨妹は軒車の窓部分から見える荷車を見る。あの荷車の隙間にでも座れるのに、何故《なぜ》に今の自分は太子の真正面に座っているのか？

恨めしげな視線を外の荷車に向けていると、その視線を遮るものが窓の外から横入りした。

「間抜けな顔をしていると、また舌を噛《か》むぞ」

軒車の横を馬に乗って走っている立勇《リーヨン》が、窓越しに雨妹へ告げてくる。

「はぁ、そうですか、っ痛ぁ！」

軒車が小石にでも乗り上げたのか、大きく揺れたせいで窓枠に頭をぶつける。幸い、舌は噛まなかったが。

「そら、言わぬことではない」

その代わり立勇から、思いっきり馬鹿にした目で見られた。きっと踏《ふ》んだり蹴《け》ったりとは、こういうことを言うのだろう。

「雨妹、こういうのはね、慣れだよ。コツをつかむと痛くなくなるから」

太子が苦笑して言ってくるが、雨妹が慣れるのは果たしていつのことやらだ。

そして慣れないと言えば、太子とこんなに長時間顔を突き合わせるのにも、全くもって慣れない。しかも太子宮でならば立彬《リビン》なり秀玲《シオウリン》なりが一緒なので、彼らを交えての会話であることから、必ずしも雨妹が話題を提供する必要もない。だが、今回は太子と二人きりだ。

――私に一体どうしろっていうの？

雨妹は話題のなさに、困り果てていた。

太子は気さくな人柄なので、雨妹とも気軽に話をしてくれる。けれど本来ならば下っ端宮女である雨妹と太子に、共通話題なんてものはそうそうない。普段は立彬や秀玲といった人たちが一緒だから、会話が成立するのである。

そして共感できる点がない会話とは上滑りするものなのだと、しみじみと実感している雨妹は、現在非常に居心地が悪かった。

――お尻も心も痛いなんて、どういう拷問？

それでも雨妹は耐えて、太子を飽きさせないように上滑りする会話に挑み続けている。

会話に疲れて外を見れば、街道沿いにある里の者が世話をする小麦畑が広がっていた。

天気はここのところ雨が降っておらず、今も雲一つない快晴である。熱気が溜《た》まった畑の中での作業は、さぞや暑かろうと思いながら、雨妹は軒車の窓から畑を眺めていた。

辺境での畑仕事も、夏の猛暑と冬の極寒との闘いだったものだ。今の時期だと、そろそろ暑さが厳しくなってきて、畑仕事が辛い頃だ。

――辺境の皆、どうしているかなぁ？

雨妹は辺境で特別に仲良くしていた人物などはいなかった。思い出はほぼ尼寺の尼たちとのものである。後宮ではそこそこ仲良くしている相手がいて、それなりの人間関係が築けているというのに、辺境での雨妹がどれだけ浮いている存在だったのか、わかろうというものだ。

雨妹が辺境で馴染《なじ》めなかった原因の一つは、辺境ではない場所での暮らしを知っていたことであろう。物資が不足してばかりであった辺境では、工夫してなんとか文化的な生活を再現しようとする雨妹が、変人に映ったのだ。

――原始的な生活をしている所に現代日本の文化をぶっ込もうとしたら、宇宙人襲来みたいに思われるよね。

そうわかってはいても、不便を不便のまま呑《の》み込むことができなかったのだが。

そんな懐かしくも退屈な日々を思い出しながら、小麦畑の農作業の様子を眺めていると、雨妹はとある農民の男に目が行った。

――なんだか身体《からだ》がフラフラしていて、危ないなぁ。

雨妹が観察しながら、眉《まゆ》をひそめていると。

「あっ⁉」

その農民がフラァッと倒れるように、小麦畑の中に姿を消した。

「止めてください！」

雨妹はとっさにそう叫んで軒車の中で立ち上がろうとするが、当然というか、思いっきり天井で頭を打つ。

「っ痛ぅ～！」

結構な衝撃から、涙目でまた席に座る羽目となった雨妹に、太子は驚いて目を丸くしている。

「どうしたんだい？　急に大きな声を出したりして。それに頭は痛くない？」

太子の心配が、己のうっかりな失敗による心の傷を抉《えぐ》る。車の中で急に立つのは危ないということとは、前世でも今世でも同じであるが、やってしまうとものすごく恥ずかしい。

「いえ、その、お構いなく……じゃなくて！」

雨妹は打って痛む頭に気をとられそうになったが、言いたいことはそれではない。

「太子殿下、今外に急病人が見えたのです！　お願いですから軒車を止めてください！」

雨妹の急な発言に、太子は驚いたものの。

「本当かい？　それは大変だね、軒車を止めてもらうから行っておあげ」

太子は慌てずにそう告げてくる。

「はい、ありがとうございます！」

雨妹は礼を言いながらすぐにも駆け付けたい気持ちなのだが、車というものは急に止まれないようにできている。そのため軒車が止まるまで待てないで、入り口の扉を開ける。

「こら雨妹、なにをしている⁉　走っている最中に開ける奴《やつ》があるか！」

軒車の中での騒動が聞こえていたのか、こちらに馬を寄せてきていた立勇が注意してくる。

「病人が見えたので、ちょっと行ってきます！　とうっ！」

しかし雨妹は立勇に構わずそれだけ告げると、軒車から飛び降りた。今の速度が「早歩きよりも速いかな？」程度しか出ていないので、飛び降りるのは簡単とは言わないが、できないことはないのである。

そしてそのまま立ち止まらず、小麦畑に向かって走っていく。

「もしもーし！　どこにいますかー⁉」

雨妹は声をかけながら小麦畑をかき分けて、倒れたであろう農民の男を探す。

「あ、いた！」

そしてやがて小麦を巻き込んで倒れている、赤い顔をしている若い男を発見した。

――熱中症だ！

雨妹は男が倒れた原因を察し、傍らに膝《ひざ》をつく。

「大丈夫ですか⁉」

雨妹が男の肩を叩《たた》きながら声をかけるが、「う……あ……」とうめき声が聞こえるばかり。けれど、完全に意識を失ってはいないようだ。

雨妹はまず日が燦燦《さんさん》と降り注ぐ暑い小麦畑から涼しい場所へ移動させようと、周囲を見回して日陰を探す。

――日陰、日陰っと。

するとちょうど畑の隣にある木の陰がいい感じに涼しげである。そこへ連れて行こうと、自分よりも大きい男の両脇を抱えて、えっちらおっちら動かしていると。

「こら、雨妹！」

そこへ馬から降りた立勇がやってきた。

「飛び降りたら危ないだろうが！　大体が……」

「立勇様、病人です！　そっちを持ってください！」

渋い顔で説教しかけた立勇に、雨妹は男の足の方を持ってもらおうと促す。

「暑さにやられたのか」

立勇も赤い顔の男を見て、そう気付く。

暑気あたりとも言う熱中症は、軽度だとめまいや一時的な失神、筋肉痛や筋肉の硬直、大量の発汗が見られ、中度になると頭痛・気分の不快・吐き気・嘔吐《おうと》・倦怠《けんたい》感・虚脱感が起こり、重度になると意識障害・痙攣《けいれん》・手足の運動障害に高体温などと、徐々に症状が深刻になっていく。

対処方法としては、とにかく涼しい場所へ移動させて身体を冷やし、水分と塩分を補給させるしかない。

立勇の助けを借りて、男を速やかに木陰へ寝かせる。

——まだ痙攣とかにはなっていないっぽいね。

男の様子を確認しながら、雨妹はそう判断した。今すぐ処置をすれば、回復は早いかもしれない。

「ちょっと見ていてくださいね！」

雨妹は立勇に男を任せて、軒車へと駆け戻る。

「雨妹、どうだったんだい？」

軒車を飛び降りた雨妹に、太子は「危ない」などとお小言を言うわけでもなく、穏やかに尋ねてきた。

「農民らしいのですが、重度の暑気あたりを起こしていまして、放っておくと死んでしまいます」

雨妹は載せていた荷物をゴソゴソしながら簡潔に説明する。本来ならばきちんとした姿勢で答えなければならないのだろうが、今は時間が惜しい。

――お説教は、後でちゃんと受けるからね！

そう割り切った雨妹が話しながら探し出したのは、陳《チエン》と揃《そろ》えた例の救急道具だ。これに塩と砂糖が入っていたのだが、まさかそれが早速役に立つとは。

雨妹の手短過ぎる話を聞いた太子は、「ふむ」と思案すると。

「では、雨妹が手当てをしている間、私たちも木陰に移動して、休憩するとしよう」

窓越しに御者にそう声をかけた。

――え、いいの？

太子一行を先に進ませて、雨妹が立勇と後で追いかけるという手もあるだろう。いや、むしろ立勇を戻させて雨妹一人を置いて行ってもいいのだ。それで徒歩で追いかけろと命じても、先に勝手をしたのは雨妹なのだから、特に理不尽ではない。

だが太子は護衛の立勇を置いて行くつもりはなく、雨妹を一人放り出すということもしないらしいとは、なんと良い上司であろうか。

「あの、カッとなって勝手をしまして、申し訳ございません」

雨妹は救急道具を抱えたまま、狭い軒車の中で中腰状態で深々と頭を下げて、太子の足を止めてしまったことを謝罪する。

いくら太子に伺いを立てた上のことで、病人を見捨てられなかったとはいえ、今の自分は太子のお供なのだ。太子の行程を乱していいはずがない。

こうしていると雨妹からは太子の膝が見えていて、太子がモゾリと動くのがわかり、直後に肩をポンポンと叩かれる。

「雨妹、謝ることはない。民とは我々が守るべき存在だ。そんな彼らを助けようとしている雨妹は、正しい行いをしているのだから、胸を張って誇りなさい」

そう語る太子の声音は、とても穏やかだ。雨妹が恐る恐る顔を上げて見た太子は、凛々《りり》しくも優しい顔をしていた。

「それに、行程は余裕をもって組んであるから、寄り道するくらいの時間は十分にあるよ」

ニコリと微笑《ほほえ》む太子に、雨妹は自分の気持ちが解《ほぐ》れるのがわかる。

――いい人だなぁ。

民を守るべき存在だと、本気で考えている顔である。こういう人だから、立勇みたいな人が面倒臭い立場になってでも、傍《そば》にいようと思うのだろう。そして、この目の前の人が未来の皇帝なのは、民にとっては幸運であろう。

――もし、あの皇后の子が太子だったら……。

雨妹は花の宴《うたげ》で遭遇した髪切り裂き魔を思い出し、想像しただけでゾッとする。権力を使って、髪の美しい女を集めて、収集しまくりそうである。

あの皇子のことを思い出しただけで鳥肌ものなので、これ以上は考えないことにして。

太子から許可が出たのだから、遠慮はいらないというもの。

「……では、太子殿下の尊い御心に沿うべく、行ってまいります！」

雨妹はもう一度頭を下げ、再び軒車から飛び出す。そして一緒に停《と》まっている荷車から竹筒に水を分けてもらい、それに救急道具から取り出した塩と砂糖を入れて経口補水液を作る。他にも色々と準備をしてから、立勇が待っている場所へと駆け戻る。

「お待たせしました！」

救急道具と竹筒を抱えて来た雨妹を、立勇が眉を上げて見る。

「なんだ、その荷物は？」

立勇は特に救急道具が気になるようで、雨妹は胸を張って説明する。

「陳先生と一緒に揃えた、いざという時の治療道具一式です。『あったらいいな』というものを、全部詰めてみました。あとこっちの竹筒は、暑気あたり用の水分です」

雨妹はそう言いながら、木陰で横になっている農民の男の傍らに座ると、その頭を少し起こす。すると男から「う、あ」と微《かす》かにうめき声が聞こえるので、薄《うっす》らとだがまだ意識はあるようだ。

「もうし、今から水が飲めますか？」

「み、ず……」

雨妹が問いかけると、男は水を探しているのか、細く開けた目を彷徨《さまよ》わせる。

「水はここにあります」

男の目に竹筒が見えるようにしてやり、栓を開けて口元へ持っていくと、男は喉《のど》を動かしてゴクリと一口飲んだ。

――よし！

自力で飲めるなら、回復は早いだろう。そのまま、男が一気飲みをしないように少量ずつに分けて数回飲ませると、次第に彼の表情が穏やかになっていく。

「立勇様、これを首筋や脇の下に当ててください。そこを冷やすと、身体全体を冷やせるのです」

雨妹がそう言って立勇に差し出したのは、濡《ぬ》れた布である。これは救急道具に入れておいたものを、荷車の水で濡らしてきたのだ。

「そうなのか？　初めて聞く話だ」

立勇は驚きながら、雨妹から濡れた布を受け取って男の衣服を寛《くつろ》げて、首筋と脇の下に当てる。

そこへさらに、雨妹が噴霧器で身体全体に水を吹きかける。ちなみに噴霧器は、消毒が必要な時に使おうと、今自分の腰に下げているもの以外にも余計に持って来ていたものだ。

こうして水分を飲ませ身体を冷まして、しばらくすると。

「どなたさんか知らんが、ありがてぇ……」

男がしっかりとした声でそう告げた。

「憶《おぼ》えてますか？　畑の中で突然倒れたんですよ？　暑い日の作業は気を付けないと駄目じゃないですか！」

怒り顔で注意する雨妹に、男は「すまねぇ」と呟《つぶや》く。

「ウチのカミさんが風邪を拗《こじ》らせちまって寝込んでいるもんで、俺が一人でやらにゃあならんと思ってよぅ」

どうやら普段は二人で作業をしていたのに、妻が寝込んでいるせいで、一人でやっていたらしい。

――ここでも風邪かぁ。

これから訪ねる公主も、風邪がきっかけで体調を崩したのだったか。

しかし医者にかかれるであろう公主ならばともかく、医者にかかる金のない一般人にとって、本当にただの風邪であるかはわからない。彼らが知っている病名は、腹下しか風邪かくらいで、体調を崩したらこのどちらかに振り分けられるのだ。

「だとしてもです！　それであなたまで倒れたら、本末転倒ですよ！　暑気あたりで命を落とすことだってあるんですから！」

雨妹はそう叱りつける。

一人での農作業で倒れては、誰にも気付かれないままに時間が過ぎ、そのままに逝ってしまうことだって少なくない。今回はたまたま雨妹が倒れる瞬間を目撃したからよかったものの、そうでなかったら、男はあのまま畑の中で干からびていたかもしれないのだ。

「今日はもう家に帰って、ゆっくり休むことです。何事も、命が大事ですからね！」

雨妹がお説教しつつ、引き続き経口補水液を飲ませていると。

「少々外すぞ」

軒車をチラリと見た立勇が、そう告げてそちらに行って中にいる太子となにごとか会話した後、戻ってくる。そして言ったことは。

「病人を里まで送ろうと、主《あるじ》が申しておられる。荷車に乗りなさい」

なんと、男を家まで連れて行くという。

——え、本当に？

雨妹だって、さすがにそこまで面倒を見るのは無理だろうと思っていたのだが。太子の考えは、雨妹の想像の上を行った。

「いやいや！　お偉い方にそこまで手間をかけさせるなんざ……！」

男とて雨妹たちの身なりや離れた所に停まる軒車を見て、身分のある人の一行だと気付いたのだろう。慌てて首を横に振るのだが。

「手間を案じるならば、速やかに荷車に乗ることだ」

引き下がらない立勇に言い返せるほど、男は気が強いわけでもなく。

そんなわけで、太子一行は男の暮らす里へ立ち寄ることとなった。


立派な軒車が入ってきたことで、里に暮らす人々は当然、大騒ぎになった。

太子一行は、ぱっと見で太子という身分が露見するようにはなっていない。だが、やんごとなき方が乗っているようだということは、軒車の造りの立派さと、護衛の厳《いか》つさでわかろうというもの。そしてその一行の荷車に乗せられている里の一員である男を見て、何事なのかという話になる。

——うん、悪目立ちしているよね。

こうなるから、本当ならば男を姿が見えない軒車の中に入れた方が良かったのだろうが、さすがに警備の都合上、それを許可できるはずもなく。当の男の方もお偉い方と密室で同席だなんて、猛烈に遠慮をしたに違いない。

こうしてひそひそと噂《うわさ》されつつ遠巻きな中を一行は進み、軒車がこれ以上は道が細くて進めないという道端で止まった。

「ここまで来れば大丈夫だぁ、送っていただき、ありがてぇことです」

荷車から降りた男は軒車に近付くと、深々と頭を下げる。太子は立場的に、用心として軒車の外へ姿を見せないいため、代わりに雨妹が窓から外を見る。

「どういたしまして。くれぐれも健康第一ですよ！」

「へぇ、そうします」

雨妹の忠告に、男は口では素直にそう言うものの、男の生活のひっ迫度によっては不安である。

――ご夫人の夏風邪が、早く良くなるといいんだけど。

しかしそれを心配したところで、雨妹にはどうしようもない。これが雨妹の一人旅ならば、男の家に寄って生活実態を確認しに行って、生活指導をしたいところだ。

けれど実際の自分は通りすがりの人間でしかなく、しかも旅程を自分で決められない太子のお供なのだから。

――うん、今できるだけのことはしたんだから、よしとしよう！

雨妹がそう割り切って、窓を閉めようとすると。

「雨妹、彼を家まで送り届けて、ついでに細君の様子を見てあげるといい」

なんと、太子がそんな提案をしてきた。

「いいんですか？」

雨妹は目を丸くする。そこまで首を突っ込むわけにはいかないと自分を戒めていたのだが。けれど太子は、そんなことはお見通しだと言わんばかりの笑顔で告げた。

「もちろんだよ、こうなっては中途半端はかえって気になるじゃないか。立勇、雨妹と一緒に行ってお
あげ」

ついでに、軒車の横についている立勇にも声をかける。

――え⁉　私は一人でも行けるよ⁉

雨妹とて幼児ではないのだから、男を家まで送り届けて帰ってくるくらい、迷わずにできると思うのだが。

「承知しました」

驚く雨妹の一方で、なんと立勇は特に意見することなく、同行するために馬を降り始める。

「あの、私は一人でも平気なんですが」

雨妹はそう申し立てる。

これでは、太子よりも雨妹の身の安全に気を配られているようで、少々心がモゾモゾする。なにせ今までの人生で、こんなに心配されたことが宮女になるまではなかったので、慣れていないのだ。

しかしこの反論に、太子はゆっくり首を横に振る。

「私には立勇以外にも、護衛はちゃんといるんだから。それよりも女人を知らぬ土地で独り歩きさせる方が、よほど危ないよ？」

この太子の言い分も、わからなくはないのだが。

――いやいや、太子付きの護衛を、下っ端宮女の護衛にするとか、どうなの⁉

後宮でも立勇ではなく立彬が、雨妹を宿舎まで送ってくれることは、度々あった。けれど立彬は太子付きとはいえ宦官《かんがん》であったので、近衛《このえ》を付けられるのとでは少々度合いが違う。

それに後宮はいわば太子の自宅である。まあそれでも危険というものはあるものだが、それでも野盗などの類が出ることはない。

つまり、護衛を一人減らす危険は、今の方が大きいのだ。

やはり分不相応だと、立勇の同行を断ろうとすると。

「雨妹、早く降りてこい。主はこうと決められたら、意見を変えることはしない方だ。サッサと行って手早く目的をこなして速やかに戻ればいい話だろうに、この問答の時間が勿体《もったい》ない」

外から立勇にそんなことを言われてしまった。長年の付き合いらしい立勇は、諦《あきら》めが早いようだ。

「……わかりました」

というわけで、雨妹は立勇と一緒に男の家へ行くことになった。

――ようし、太子殿下がせっかく気遣ってくれたんだし！

こうなったら半端なことをせず、しっかりと生活指導をしに行こうではないか。

そんな意気込みと共に、雨妹が立勇と一緒に男に付いて向かった先にあったのは、田舎では平均的な家屋だった。とはいえ、辺境で雨妹が過ごしていた家屋よりも立派なものである。

「おぅい、今帰ったぞぉ」

男が戸の外から声をかけると、中からバタバタと足音がした。

「お帰り！　今日は早かったんだね！」

そして言葉と共に小さな人影が出てきたのだが、すぐに雨妹と立勇の姿に気付くと立ち止まり、再び戸の向こうに引っ込み、恐る恐る顔だけ出してこちらを見る。

「……誰？」

そしてそう聞いてくるのは、幼い少年である。年齢はまだ十歳に届いていないだろうか？　前世で言うところの、小学校低学年くらいに見える。

——息子さんかな？

少年は雨妹と立勇を警戒しているようである。雨妹はともかく、立勇は近衛には見えずとも、いかにも武官な格好であるので、「何事か？」と怪しまれるのも無理もないだろう。

「父ちゃん、なんかしたのか？　捕まっちまうのか？」

少年が小さな震える声で、そう聞いてくる。やはり彼は男の息子であるようだ。

「こりゃ！　失礼な口をきくでねぇ！」

男がそれを叱りつけると、この状況を説明する。

「この方々は親切にも、俺が農作業中に倒れたところを、偶然通りかかって助けてくださったんだ！　その上こうして、家まで送っていただいたんだぞ！　だからおめぇからも、お礼を申し上げにゃあ……」

「え⁉　倒れたってなんだよ⁉」

しかし少年は男の言葉を最後まで聞くことをしなかった。

「父ちゃんまでどうにかなっちまったら、オイラはどうすりゃいいんだよぉ！」

少年はそう言って、涙目になってオロオロする。どうやら「倒れた」という部分しか聞き取らなかったようだ。

客人の前で半ば恐慌状態になっている少年を、男が慌てて抱き寄せて落ち着かせようとする。

「ああこら、泣くな！　だからこの方々のおかげで助かって、今日はもう休むために早く帰ったんだぞ！」

男の話に、少年は目をパチパチとさせる。

「助かった……、じゃあ、もう平気なんか？」

「ああ、そうだとも」

少年が尋ねるのに男は大きく頷《うなず》いてみせ、雨妹たちに頭を下げる。

「お騒がせして申し訳ねぇ、この子はずぅっと一人でカミさんの看病をしているもんで、俺まで倒れたらって怖くなったんでしょうなぁ」

そう言う男の腕の中で、少年もようやく事態を呑《の》み込めてきたようだ。立派な身なりをしている雨妹と立勇を前に、今になって緊張してきたらしく。

「あの、その、父ちゃんを助けてくれて、ありがとう……」

少年がそう小さく呟《つぶや》いてからすぐに男の後ろに隠れるのに、雨妹はニコリと微笑《ほほえ》む。

「いいんですよ、そんなことは気にしなくても」

雨妹がこう告げると、背後の立勇が続けて口を開く。

「そうだな、病人を見ると助けたくなるのは、この者の性格だ」

――なに？　立勇様のその、『人助けが趣味です』みたいな言い方って？

それだと、まるで雨妹がいい人なのと変人なのと紙一重に聞こえるのだが。少々気になる言い方ではあるものの、今考えるべきなのはそこではない。

「それよりもですね、この家にはちゃんと食べるものはありますか？　それにご夫人の御加減はどうなっていますか？」

「はぁ、食いモンに、カミさんですか？　なんでそんなことを聞くので？」

雨妹からの質問に、男が訝《いぶか》しむ様子を見せる。

実はここまでの道中、雨妹は男に同行の目的を詳しく話しておらず、ただ「心配なので家まで送ります」とだけしか告げていない。事前に「ついでにご夫人の具合を診たい」と話しても、遠慮されるのが目に見えていたからだ。

「今回、あなたが倒れたことに関係があるからです。どうなっていますか？」

雨妹が笑顔のままもう一度尋ねると、男は助けられた手前から突っぱねられないのか、疑問顔ながらも答えてくれた。

「食いモンは、俺《おら》ぁどうにも料理っつーのが苦手で。野菜を生で齧《かじ》るか、茹《ゆ》でるかがせいぜいでさぁ」

「……オイラ、野菜を茹でたのも生も飽きた……」

男の述べた正直な事情に、息子がボソリと呟く。どうやら飽きるほどに生もしくは茹で野菜が続いているようだ。

「カミさんは悪くはならねぇが、良くもならねぇって様子でさぁ」

「なるほど」

雨妹は頷く。つまり妻が寝込んでいるせいで、食事がままならなくなっているというわけか。

――栄養不足も、熱中症の原因の一つかもしれないな。

そう考えつつ、雨妹は次の質問を繰り出す。

「では、水の確保はどうしてます？　それと、ご夫人の様子を見せていただくことは可能ですか？」

男はこれにも、不思議そうにしながらも答える。

「水は、いつも俺が朝のうちに汲《く》んでおいて、それで一日もたせているんで。カミさんのことは、ちょいと聞いてきます」

男はそう言って、妻が寝ているであろう奥へと向かう。

病んで寝ている女性が客に会うのは色々と大変なので、反応を窺いに行ったのだろう。どんな状況であれ、やつれてろくに沐浴《もくよく》もできていない姿を、他人に晒《さら》したい者などそうそういない。

この返答を待つ間、雨妹はこの場に残されている少年を見た。「どうしよう？」という顔で、居心地悪そうに佇《たたず》んでいる。

「ねぇ、水を溜《た》めている場所はどこかな？」

雨妹が尋ねると、少年は戸惑うように数回視線をこちらと奥の部屋と往復させてから。

「……こっち」

小さな声で手招きして、水瓶《みずがめ》まで案内してくれた。

その水瓶は立勇が両手で抱えられる程度の大きさで、中を覗《のぞ》き込むと半分以上水が残っている。

「これ、朝お父さんが汲んできてから、途中で水を足した？」

「ううん、してない」

雨妹がさらに尋ねると、少年が首を横に振る。

「なるほど」

雨妹は頷き、横でも同じように眺めている立勇が眉《まゆ》をひそめていた。

水というのは案外細々と使っていても減るのが早いもので、今は夏の暑い季節な上、時刻は太陽が真上から傾き出した頃だというのに、この残り具合はどうなのか？　男は外にいる間は井戸から別に使っていると想定するとはいえ、朝から家族三人が炊事やらなにやらに使ったにしては、残量が多い気がする。

先程男は、「一日もたせる」と言っていた。つまり、朝から夜までこの水でやり繰りしているのだ。

もし妻が元気であるならば、途中で水がなくなったら自分で汲みに行くだろう。それに普段は夫婦揃《そろ》って、まだ幼い子供も連れて畑仕事に出かけるのなら、日中に必要な水は畑の傍の井戸から補給できる。

しかし現在は妻は寝込んでいるため、家で消費する水の量が増える上、途中で水の補給なんてできるはずがない。

そして両親の代わりに、一人で看病と留守番をしている息子に、水汲みまで頼むのは酷というもの。それに少年はまだ水汲み仕事を効率よくできるような年齢ではない。

雨妹が辺境で尼寺を出た際に、しばらく里長の家に厄介になっていたのは、この水汲み仕事がこなせるまで成長を待つ意味合いもあった。里長の家でも水汲み仕事はさせられたが、井戸の近くにある里長の家と、里の端も端にあった雨妹の家とでは、水汲みの労力が同じであるはずがない。

水汲みも満足にできない子供を一人で放り出すのは、死なせるのも同意である。なので尼寺の尼たちが里長にくれぐれもと頼んでくれたのだから。

つまり、なにを言いたいのかというと。現在のこの家には、水を汲みに行く労力が足りていないのだ。なのに男は水汲みの時、普段とは状況が違うことを計算に入れず、これまで通りの量の水を入れているのだろう。

そして少年だって、水汲みが大変な仕事だというのはわかっているだろう。なので父親が仕事から帰って来た時に水汲みに行かなくてもいいように、こうして十分に残しているのかもしれない。

——だとしたらこの子もご夫人も、本当は水を満足に飲んでいないんじゃない？

そんな大問題が水瓶の中身から推測できてしまった雨妹が、一人唸《うな》っていると。

「ご夫人に会うのは、私は遠慮しておいた方がいい。だから待つ間に水を汲んでおこう、きっと足りなくなるだろうからな」

立勇が身なりを整えることができない男の妻を気遣う風にして、水汲みを買って出てくれた。おそらく彼も水瓶を見て、雨妹と同じ結論に至ったのだろう。

「そうですね、お願いします」

雨妹と立勇が頷き合っていると。

「あの！　なら、井戸までオイラが連れて行く！」

少年がそう声を上げた。

「そうか、では行こう」

少年の申し出を受けて、立勇が連れ立って行こうとした時、男が奥から戻って来た。

「あの、カミさんが礼を言いてぇそうで」

「わかりました、行きます」

けれど雨妹は奥へ行くその前に、竹筒に水瓶から水を貰《もら》い、ここまで持ってきていた救急道具から砂糖と塩を取り出して経口補水液を作る。

「これはですね……」

「……わかった」

そして立勇にとある注意をしてから経口補水液を持たせて、送り出した。

外へ出ていく立勇と息子を見て、男が首を傾《かし》げる。

「あちらの方は、息子となにをしに行くので？」

「水汲みです」

雨妹がそう答えると、男がギョッとした顔になる。

「そんな⁉　恩人にそんなこたぁさせられねぇ！　俺が汲んできます！」

そう言って慌てていているが、男には一緒にいてもらわなければならない。

「いいですから、水汲みはあの二人に任せて、寝込んでいるご夫人を待たせないようにしましょう」

雨妹がそう言って促すと、男は納得したようなしていないような顔ながら、妻の待つ奥の部屋へと再び向かう。

そこでは、牀《しょう》の上に男の妻であろう女が、やつれた様子で身体を起こした状態でいた。

――ぱっと見、三十代くらいに見えるんだけど……。

しかし男や息子の年頃を考えるに、まだ二十代後半くらいであろう。老けて見える原因を思い浮かべながら、雨妹は妻に近付く。

「夫が助けていただいたそうで、本当にありがとうございます」

妻は深々と頭を下げるが、声がガサガサに掠《かす》れていて、頭を下げながらふらついている。

「ご夫人、寝てくださっていていいので、少々お身体に触れてもいいですか？」

雨妹は妻の背中を支えながら、そう尋ねる。

「え？　ええ。ですが、しばらく沐浴できておりませんで……」

身綺麗《みぎれい》ではないことを気にする妻に、雨妹は「ほんの少しですから」と断って、その腕を取る。

――肌が乾燥気味でたるんでいるし、爪の色が白っぽくて、手が冷たい。

やはり、雨妹の懸念が当たっていた。これは、明らかに脱水症の症状が出ている。

「ご夫人、あなたは夏風邪というより、脱水症です。最初は夏風邪だったのでしょうが、それが治っても脱水症が残って悪化したのでしょう」

初めて会った雨妹から突然そんなことを言われた妻は、傍らにいる男と顔を見合わせている。

「ダッスイショウ……ですか？」

「なんですかい？　そりゃあ？」

夫婦で疑問顔な二人に、雨妹は説明した。

「簡単に言うと、水を飲まなすぎでいるのです」

「水、ですか？」

「飲まなすぎ……？」

やはり、二人で不思議そうな顔をする。

この国では、旅人でもない限り、水を飲まないことの危険があまり認知されていない。以前に後宮で巻き起こったインフルエンザ騒動で被害が拡大したのも、患者への水分補給を怠ったことが大きいようだった。

特に、辺境のような井戸を掘っても水が出にくい一部の土地と違い、大半の里ではいつでも井戸から水が手に入るので、飲料水には困らない。なので逆に水が重要なものだと思わないのであろう。思えば、日本でも水分補給の重要性が認知されたのは、雨妹の前世の人生でもそう古い時代の話ではなかった。

「詳しい話は後程しますので、まずは水を飲みましょう。さあこれを飲んで」

雨妹はそう言うと、先程立勇に渡したものと一緒に作った経口補水液入りの竹筒を差し出す。

「ありがとうございます」

妻はそういって竹筒を受け取り、口をつけるものの、少し唇を湿らせた程度で飲むのを止《や》めようとする。

――いやいやいや！

雨妹は「もっと飲め！」と怒鳴りつけたくなるのを、ぐっと堪《こら》えた。

「失礼ですが、それは水を飲んだと言いません。喉《のど》を水が通るのが、飲むという行為です」

遠回しにもっと飲むように促す雨妹だったが。

「……あの、でも」

妻は困った顔をするばかりで、飲もうとしない。

――水を飲むのにこんなに遠慮していたんじゃあ、そりゃあ体調が良くなるわけがないって！

雨妹は遠回しに言うのを止めて、厳しい顔で告げる。

「水なら、私の連れに汲んできてもらっていますから！　家族に余計な水汲み仕事をさせたくないという気持ちは、わからなくもありません。ですが、それで自分が病んでどうするのですか！」

とうとう水を飲みたがらない原因について言及すると、男はきょとんと、妻はハッとした顔をする。

「なんの話なので……？」

首を捻《ひね》る男をチラリと見た妻が、竹筒を握りしめて俯《うつむ》いた。

「アタシ、ずっと寝てばかりで働けないから、色々と申し訳なくって。水だって、飲み過ぎたら小さなあの子や、クタクタになって帰って来たこの人が汲みに行かなきゃならないって思うと……。どうせ動かないなら、飲まないでいいだろうって思って」

今まで水を飲むことを避けていた理由を訥々《とつとつ》と話す妻に、男が驚く。

「おめぇ、そんなことを考えていたのか」

「……」

男にそう言われてますます顔を伏せる妻に、雨妹は言い聞かせる。

「動いたら余計に水を飲む必要がありますが、動かないから飲まなくていい、なんてことはないんですよ？　人の身体というものはなにもしなくても、水分を使っているものなのです」

雨妹の話に、夫婦は何も言わずに聞き入っている。

「なので、今は水を飲んでください。脱水症の薬は、水なのですから」

「水が、薬……」

雨妹の説得に、妻はそう呟《つぶや》くと顔を上げ、意を決したように竹筒の水を呷《あお》る。その竹筒が空になると、また経口補水液を作ってきて飲ませる。

そんなことを繰り返して、しばらくすると。

「あら？　なんだか身体が楽になってきたような……？」

そう零《こぼ》した彼女は、それまでフラフラしていた頭を真《ま》っ直《す》ぐにできるようになった。

「それは少しずつ、身体の中の水分を補えてきているからです」

まだまだ水分が足りているとは言えないが、改善してきているのは確かだろう。

「なんてこったい、水を飲めば治っただなんて！」

雨妹の言葉と妻の様子に、男が目を丸くする。そこへ雨妹はさらに釘《くぎ》を刺す。

「ですが、これで治ったわけではありません。今のあなたの身体は脱水状態に慣れてしまっていますから、今度は水が満たされた状態を通常だと、身体に教え込まなければなりません」

だから具合が良くなったからと、そこでまた飲むのを止めてしまわず、この後も定期的に水分をとってもらう必要がある。なにせ、水分とは飲めばすぐに体内に行き渡るものではないのだ。

そして病人に対して厳しいとは思うが、これも言っておかなければならない。

「それに、あなたが水を飲まないようにしているのを、息子さんも真似《まね》をしていましたよね？　水瓶の水が、明らかに残り過ぎていました。それに、息子さんにも脱水症の傾向が見られます」

「そんな、あの子が⁉」

雨妹の話に、妻は驚いていた。まさか自分だけではなく少年までが水を飲んでいないだなんて、思ってもいなかったのだろう。

少年の様子を見ていたが、大きな声が出辛いことや、子供なのにプリプリの柔肌《やわはだ》ではなく、張りがないことなど、脱水の症状が見て取れた。立勇に経口補水液を持たせて、ちょくちょく飲ませるように言ってある。

少年が外遊びをする生活ならば、とうに倒れていたと思われるが、看病のために家に籠《こも》っていたことが、逆に幸いしたのだろう。

「本当ですかい⁉」

「そんな、アタシ、あの子に水を飲むななんて言っていないのに……」

夫婦で愕然《がくぜん》としているが、これは当然の成り行きだろう。

「親が我慢して飲まずにいる水を、子供が飲めるとお思いですか？」

雨妹がそう言うと、夫婦はぐっと息を呑《の》む。

そう、子供というのは、良くも悪くも親をよく見ているものだ。親が水を飲んでないのならば、「飲んだら駄目なのだ」と思っても不思議ではない。

「これを反省して、水を飲まないことは病に繋《つな》がるのだと、しっかり覚えておいてくださいね」

雨妹のお説教を聞いて、家族揃《そろ》って水を軽んじていた結果に、夫婦でシュンとしていた。


それから妻は、時間をかけて、水を十分に飲んだ。

彼女はずっと臥《ふ》せっていたせいで、全体的に筋力が落ちているものの、自力で動ける体力はあったため、回復が早かった。最低のギリギリな水準の水分と栄養は摂《と》れていたようなので、内臓機能が思った程には損なわれていなかったことも大きい。

これが意識朦朧《もうろう》として自力で飲み食いができず、消化機能も落ちていたら、点滴設備のない以上、これほど早くに動けなかったと思われる。それこそ、いつかの江《ジャン》貴妃のように長丁場になったことだろう。

そうこうしていると。

「ただいまぁ」

少年と立勇が水汲《みずく》みから戻って来た。雨妹が奥の部屋から様子を見に出ると、立勇が水のたっぷり入った桶《おけ》を抱えていて、その隣で少年が元気そうにしている。立ち姿が出て行った時よりもしっかりしているようなので、持たせた竹筒の中身をちゃんと飲んだのだろう。

「お疲れ様です、井戸って遠かったですか？」

「そこそこな」

雨妹が水瓶に水を移す立勇と話していると、奥の部屋から夫婦が出てきた。

「お帰り、客人に失礼なことをしなかったかい？」

「母ちゃん⁉　起きてていいのっ⁉」

少年が驚きながらも、母親に駆け寄って抱き着く。

「ああ、だいぶね。こちらの方に、よく効く薬を教えてもらったんだよ」

「そうなんだぁ、ありがとう！　おねーちゃん！」

母親からそう聞かされ、少年が頭を下げる。

――うん、声の出がよくなっているね。

それでも多少マシになった程度なので、少年にも追加の経口補水液を作って飲ませる。

さらに、病の原因が水を飲まなかったことだと告げると、衝撃を受けた様子だった。

「だったら、母ちゃんに無理やり水を飲ませればよかったんか！　オイラの我慢はなんだったんだよぉ！」

そう喚《わめ》きながらワンワンと泣く少年を、夫婦はギュッと抱きしめていた。

「ごめんね、アタシのせいで変な我慢をさせて」

「すまねぇなぁ」

三人で団子になって、夫婦まで泣き始める様子を、雨妹は離れた所から眺めている。

——うん、親子は元気で仲良くがいいよね。

雨妹が幼い頃は、病に倒れても抱きしめてくれる親はいなかったけれども。代わりに尼たちが、厳しくとも優しく見守ってくれた。風邪をひいて熱を出した時は、夜通し看病してくれたのを思い出す。

一応里長に尼寺への手紙を託したけれども、尼たちは後宮へ向かった雨妹のことを、どう思っているだろうか？　そんな考えても仕方のないことを思い浮かべていると、肩を叩《たた》かれる。

「治療は終了か？」

こちらを見下ろす立勇に、雨妹は意識を今に引き戻される。

——そうだ、終わったら早く戻らないと！

「はい、脱水の症状が治って普通に食事ができるなら、あとはもう心配はありません」

雨妹がそう言うと、立勇は頷《うなず》く。

「そうか、では戻るぞ」

というわけで、雨妹と立勇は何度も礼を言う親子と別れて、太子の待つ軒車へ戻ることにした。

その道中、雨妹は思わず愚痴る。

「全く、なんでこうも水を軽んじるんですかね？」

そう言いながらプリプリと怒る雨妹に、立勇が「仕方ないだろう」と告げてくる。

「いつでも水が飲める暮らしをしていると、水の重要さや、飲めない不自由や苦しみがわからないのは、無理からぬことだ。水が手に入らない辛さは、経験しないと実感できないだろうな」

少々しかめっ面でしみじみと言う立勇に、雨妹は「おや？」と首を傾げる。

――この人ってひょっとして、自分が水が飲めずに苦しんだ経験があるとか？　いいところの家のお坊ちゃんなのに？

そんな雨妹の視線に気づいたのか、立勇が「楽しい話ではないが」と断ってから切り出した。

「近衛といえども、最初の訓練は通常の兵と大した違いはない」

新人訓練には重い装備を持っての長距離行軍というものがあり、これがなかなかに過酷なのだという。

しかも移動時には、自分の食料と水は自分で持っていなければならず。

「どんなに太い奴でも、軍に入れば痩《や》せるぞ。なにせ運動量と食事量が釣り合うようになるからな」

そしてそんな持ち物の中でも、もっとも嵩張《かさば》るのが水である。なにせ、重いのだ。

「誰もが最初、水が重いからと減らすのだ。水がなければ荷が軽くなるからな」

その安易な行動が悪夢の始まりだそうで。想定よりも水が減っていき、早々に喉がカラカラになる。他の者から水を分けてもらおうとしても、自分が苦労をして運んでいる水を、横着をしている者に分けてくれるはずもなく。

そして監督している上司が、途中脱落を簡単に認めることもない。苦しんで苦しみ抜いたところで、ようやく上司から水を渡され。

『これでもしお前が補給部隊であったなら、軍全体を干からびさせていたのだぞ！』

というように、きつく叱責されるのだそうだ。

「話に実感がありますね。上司に叱られた経験者ですか？」

「軍に入れば、誰もが受ける洗礼だ」

甘えを捨てさせるのと、補給の重要さをその身《み》に沁《し》み込ませるのだという。軍とは、効率的であると同時に、エグいやり方をするものなのかと、雨妹はいっそ感心してしまう。

そんな話をしていると、太子の乗る軒車が見えてきた……のだけれども。

「あれ、なにをしているんですかね？」

雨妹は首を傾げる。

何故か、太子が軒車の外で、里の子供たちに紛れて石を蹴《け》っていた。

いや、なにをしているのかはわかる。あれは石蹴り遊びだろう。

石蹴りの遊び方は地域によって変わってくるみたいだが、ここでは円を複数描き、その円に石を蹴り入れながら片足で追いかけて、出口まで持っていくようだ。

前世でも石蹴り遊びはあったが、どの世界でも子供が考え出す遊びというのは、あまり代わり映えしないらしい。

「……」

立勇は、軒車の中で待っているはずの太子が外にいることに、渋い顔になっている。

護衛はすぐ近くにいるのだが、立勇が戻って来たのを見て、少々慌てているのが見て取れる。立勇はそんな彼らをギロリと睨《にら》むと、太子に近付いていく。

「なにをしておられるのですか？」

明らかに怒っている立勇に対して、太子はニコリと微笑む。

「いやね、子供たちが遊んでいる様子が見て取れたものだからね。なにをしているのかなと気になって見に来たら、交ぜてくれたんだよ」

そう話す太子が子供たちを見ると、彼らが楽しそうな笑顔で言ってくる。

「このニーチャン、意外と上手《うま》いんだぜ！」

「石蹴りをやったことないって、変わってるよなぁ」

――太子が、ニーチャンとか呼ばれているし。

太子は今、それとわからない格好ではあるものの、あからさまに高貴な人っぽいのに。この里から出たことがなくて、高貴な人なんて見たことがない子供であると、無知故に扱いが雑になるのかもしれない。

子供たちがやっているのは、なんの変哲もない石蹴りだが。それを楽しそうにやっているのが、もう立派な大人である太子で。なんでそんなに楽しそうなのかと考えた雨妹は、すぐにピンときた。

――ああ、この人は子供で集まって遊んだことがないのか。

それを言うなら、雨妹だって辺境の暮らしで、里の子と遊んだりはしなかったのだけれど。尼寺育ちの子供を、里の子供たちは仲間に入れたりはしなかった。

子供とは、「自分とは違う」という雰囲気に敏感なのだ。だから里の子供たちは、生まれも育ちも自分たちとは違い、前世の記憶のせいで子供らしからぬ子供だった雨妹のことが、気味が悪かっ

たのだろう。

雨妹はそうした己の境遇を、「まあ、いいか」と割り切っていて、尚且《なおか》つ生活するのに必死で遊ぶどころではなかったので、仲間に入れなかったことで不自由は感じなかったのだが。

そんないささか特殊な雨妹の子供時代はともかくとして。

どうやら太子は子供たちと大勢で遊ぶ、ということをやってみたかったようだ。

「連れが来たからここまでだね、私を交ぜてくれてありがとう。楽しかったよ」

満足顔で礼を言う太子に、子供たちは不満顔だ。

「えぇ〜⁉　今からが楽しいのにぃ！」

「こっから盛り上がるんだぜ⁉」

ブーブーと文句を言う子供たちだが、そろそろ出立準備をしなければならず、これ以上太子に石蹴りをさせるわけにはいかない。

というわけで。

「では代わって私が、最後にお相手いたしましょうか！」

折衷案として、雨妹がずいっと進み出る。

今世ではやったことはないが、前世で石蹴りの経験はある。しかもそこそこ得意だった。

——ふっ、私の足が唸《うな》るわよ！

太子を軒車の中に入れて出発準備を先にしてもらっている内に、雨妹は石を蹴り上げ、狙った円に入れる。ちょうど石を蹴る位置から出口までの真ん中の円に入った石を、片足でぴょんぴょんと跳んで追いかける。

「すげぇ、いい場所とったぞ、あのネーチャン！」

子供たちから驚きの声が上がる。この石蹴りでは、石を遠くに蹴り過ぎては、そこに行くまでの片足移動でコケてしまう。なのでいい塩梅《あんばい》の位置取りが大事である。

雨妹は石の入った円まで片足で跳んでいき、石を華麗に出口へと蹴り出す。

「二回で上がったぞ！」

「ただもんじゃねぇな！」

「ざっとこんなもんですよ！」

子供たちからの歓声に、雨妹が得意顔になっていると。

「雨妹お前、石蹴りが上手いな……背が低いから、片足立ちに安定感があるのか？」

出立準備に向かわずに雨妹の傍らに残っていた立勇から、そんなことを言われる。

「失礼ですよ、そこ！　まだ今から大きくなるんですぅ～！」

いい気分に水を差された雨妹は、立勇に「いーっ！」という顔をしてみせる。

そんなことがあってから、その後すぐに雨妹も軒車に乗り込み、立勇も馬に騎乗すると、子供たちに見送られつつ里を後にするのだった。

# 第三章　宿場町にて

思わぬ寄り道をしてしまった太子一行だったが。

都を出立したその日は、暗くなる前に無事に宿泊予定の宿場町へ到着した。

この国では街道に一定距離で宿場町があり、宿の位も安宿から高価な宿まで揃《そろ》っている。そのため、よほどの事情——宿に泊まる金がないなどでなければ、野宿をするようなことにはならない。

その野宿だって、宿場町の外で寝るよりも、宿場町の中に入って端辺りで寝ていれば安全であるため、旅人も安心なのだ。

だがそれは一般人の宿事情であり、皇族の移動となれば、普通なら皇族専用の別荘的なお屋敷とか、その土地の諸侯の邸宅などに泊まるものだろう。その場合、太子はそちらに宿泊し、雨妹《ユイメイ》たちお供は普通の宿に、ということになるはず。

そう思って、雨妹は太子に尋ねた。

「あの、今夜のお宿はどうなるんですか？」

するとこれに、太子が笑みを浮かべて答えた。

「ああ、皆で宿に泊まるよ」

「……はい？」

あっさりと告げられて、雨妹は驚く。

——皆で宿って、太子もってこと？　え、いいの？

目を丸くする雨妹に、太子が告げるには。

「だって、一応お忍びなのだから、普通の旅人のように振る舞わないとね」

ということらしい。

「はぁ、なるほど」

——わかるような、わからないような……。

確かに今のこの軒車《けんしゃ》は、高貴な人が乗っているとは悟られているだろうが、まさかそれが太子だとは知られていないはず。それが別荘や諸侯の邸宅に泊まったら、中にいる人物の正体がバレるというものだろう。

そんな話をしているうちに、今夜の宿へと到着した。

——ここは、役人用の宿だな。

厳重に警備がされている建物を見て、雨妹はそう察する。

この国の宿は先程も挙げた価格による違いの他に、役人用と民間用の違いがある。役人というのは特権階級であるため、当然役人用の宿の方が格上である上、前世の日本の宿のように、身一つで泊まれるように色々設備が整っているのだ。

それに比べて大抵の民間の宿だと、食事は開放された竈《かまど》を使っての自炊になる。宿によっては料理店を併設している所もあるが、もちろん料理は宿泊料に含まれておらず別料金。安宿になれば、部屋を貸すだけ——それも大部屋の雑魚寝という場所もあるくらいだ。もちろん高級な宿になれば、役人用の宿並みの設備があるようだが。

実際に雨妹が辺境から出てきた際に泊まった安宿では、竈や炊事道具さえ借りられなかった時すらあった。故に旅に出る際は大量の食材や日常の細々とした道具も一緒に持っていかなければならず、引っ越しなみの荷物を持っての移動となる。雨妹の場合、こうした移動の費用も国が出したのだが、それでも宿に着くたびに大荷物を移動させるのには辟易《へきえき》したものだ。

なので御者がそうした高級宿の前を通った時に、「一度はこんな宿に泊まりたい」などとしみじみ言っていたものだ。

だから今回の太子一行の荷物の少ない様子を見て、「金持ちの旅は楽でいいなぁ」と思っていたのだが。

役人は大抵お供を数人連れているものであるため、この宿にも主《あるじ》用の部屋とお供用の部屋とが用意されていた。しかもお供用の部屋とて、下っ端が使うものだって個室である。それでも感動するというのに、なんと太子は雨妹に下っ端用ではなく、近衛である立勇《リーヨン》同様の、位の高い人用の部屋を用意してくれた。

供には部屋がなくて厩《うまや》で一泊ということだって普通にあるので、これは破格の待遇と言えよう。

——ちょっと、いいのこんな贅沢《ぜいたく》して⁉

きっとこの宿だと下っ端お供の部屋だとて、下手な安宿よりもいい部屋だったに違いない。下っ端宮女としては「自分はそこでいい」と遠慮するべきところなのかもしれない。けれど、格の高い部屋に泊まれるのが嬉《うれ》しかったのも事実であり、雨妹は思わず頰を緩ませる。

「あの、ありがとうございます」

小さく礼を言うと、太子は微《かす》かに笑みを浮かべた。

「なに、ケチな主だと思われたくないからね」

「ふふっ、確かにケチな主は嫌ですね」

雨妹が太子と笑いあっていると。

「明《メイ》様、我々が早く移動しないと、他が動けません」

立勇に促され、雨妹は太子の後について宿に入っていく。

案内された雨妹が泊まる部屋はきちんと設備が整っていて、前世だとちょっと広めなビジネスホテルといった感じであった。沐浴《もくよく》場も、浴槽こそなかったがきちんと整えられている。

しかし残念なことに、料理は可もなく不可もなく、というところだった。

——ここに、美娜《メイナ》さんが欲しい！

食べ物が微妙だなんて、旅の楽しみの半分が消えた気がする雨妹であった。

これはぜひとも、次を期待したい。


次の日。

宿泊した宿場町を比較的ゆっくりとした時間に出立した。

前日に日の出と共に出たのは、できるだけ人に見られない時間に宮城を出たかったという理由があるらしい。太子がお忍びで出かけることを、出来る限り他者に見られないようにという用心だそうだ。

そして二日目は何事もなく街道を進み、次の宿場町へは日が傾き出す前に到着した。

ここでも役人用の宿へ泊まり、前日と同じく微妙な料理で腹を満たし、寝て朝を迎えた。

しかし三日目の朝は、もう少し時間に余裕があるという。

「今日泊まる予定の徐州《ジョシユウ》の宿場町までは、そう遠くない」

そう話す立勇が言うには、実は時間的には余裕で佳《カイ》まで一気に行くこともできるらしい。けれど

この視察は太子の休暇も兼ねているため、その手前にある宿場町に滞在することにしたのだという。

なのでここを朝もゆっくりな時間に出立しても、まだ日が高いうちに到着できるそうだ。

「なので、せっかくだからちょっと散策していこうか」

太子がそう提案したことに、雨妹としても否やはなかった。

——ここで観光かぁ……。

宿の料理は微妙だったが、ここは州の境の宿場町ということもあり、そこそこ栄えているので、見ごたえがあることはある。

それにこれまで観光とは無縁な生活であったのだ。百花宮《ひやつかきゆう》での生活は、ある意味観光と言えなくもないが、それでもこれが初観光には違いない。

雨妹が嬉しさからホクホク顔でいると。

「ああ、雨妹と二人で行くので、ついてくる護衛は立勇だけでいい。立勇、同行中は口出しをしな

いようにね」

――はい？

太子の謎指令に、雨妹は目を丸くする。

ともあれ、宿を出ると、他の護衛などは別の場所で待つことになり、雨妹と太子が通りを並んで歩く後ろから、立勇がついてきている。

何故《なぜ》後ろにいるのかというと、太子が隣を歩かれるのを嫌がったからである。「今、私は雨妹と歩きたい気分なのだ」と言い張って、今に至るのだ。

――なんか、緊張感が半端ないんだけど？

いや、きっと実は立勇以外にも、隠れた護衛がそこらに大勢いるのだとは思う。けれど今現在、すぐ隣にいるのは雨妹なのであり、それが非常に怖い。

この隣の人物に万が一があれば、国の一大事だという恐怖が、なんとも言えないのだ。

一方で太子の方は、何がそんなに楽しいのかというくらいに、非常にニコニコしている。

第一、何故に雨妹と二人で歩きたがるのか？

雨妹は、こう言ってはなんだけれども、太子には良くしてもらっているという自覚はあれども、そこまで太子と仲が深まっているとも思えず、この旅でぐっと距離が近くなったという気持ちにもなっていない。多少は雑談の話題を見いだせるようになったか？　程度である。

つまり、「二人になりたい」と言われるほど、仲良しではないのだ。

太子が雨妹の素性に気付いている疑惑はあるものの、だからといって心の距離が近くなったと思うほど、雨妹はお気楽ではない。生まれがどうかはともかくとして、太子と下っ端宮女の間にある壁は分厚くて硬いのだ。

今の状況に、雨妹が一人内心で首を捻《ひね》っていると。

「雨妹、ここでなにか見たいものはあるかい？」

太子から尋ねられ、雨妹は「紐《ひも》パン用の布を買う」という用事がとっさに頭に浮かぶが、さすがに太子同伴で紐パンの材料を買う度胸はない。第一、それをどうするのかと聞かれたら、答えるのに困る。

というわけでこの件以外でとなると、雨妹には一つだけ興味を惹《ひ》かれる場所が脳裏に浮かぶ。

「あの、許されるなら、市場を見てみたいです」

雨妹はおずおずと、そう切り出した。

雨妹が暮らしていた辺境には、市場というものはなかった。市場でものを売買したいとなると、山を二つほど越えた先の里へ行かなければならず、そんな遠くまで雨妹が行く機会も、お金もなかったのだ。

辺境から都へ出てきた際も、寝泊まりに寄った先で市場見物などする暇があるはずがなく、後宮入りしてからは商人が市場を開くものの、後宮の女たち相手なので品物の種類が偏っている。

故に、まともな市場を見たことがないのだ。

雨妹の遠慮がちな提案に、太子は「なんだ、そんなことか」と笑う。

「いいよ、じゃあ市場に行ってみようか」

太子に許可され、市場見物に行くこととなった。

――やった！　市場って見たかったんだよね！

前世でも中国に旅行へ行った際、市場での食べ歩きが楽しみであったものだ。市場には、新たな美味《おい》しい料理との出会いが隠れているのである。

雨妹は自分がウキウキ気分でいる背後で、立勇が渋い顔をしていることに気付くのに、少々遅れた。


というわけで、市場が開かれている場所まで太子と並んで移動する。

「ほら雨妹、あの辺りが市場だよ」

太子が指さす先は、早朝から賑《にぎ》わっていた。

――わぁお、なにかがありそうな予感！

雨妹がワクワク顔でいると、隣の太子も歩く速度が少々早足になってきた。そちらを見ると、太子も若干楽しそうな顔をしている。

「おや？」と思った雨妹は、太子に尋ねてみた。

「た……じゃない、明様は、市場を見たことがありますか？」

「いや、ないね。遠目に視察したことはあるんだけれど」

太子がそんな答えを返す。どうやら雨妹だけではなく、太子にとっても市場見物は初体験であるようだ。

――まあね、太子が市場に行く用事なんてないだろうし。

特に人が多い都だと、市場は人がごちゃごちゃしていると思われるので、公式訪問先としては警護的に許可が出なかったのだろう。

となると、今ここにいるのはいいのだろうか？　後ろにいる立勇にチラッと目を向けると、苦々しそうにして雨妹を睨《にら》んでいることに、ようやく気付く。

――ごめんって、今まで避けていたって思い至らなかったんだって！

普段であれば、立勇が「行っては駄目です」と止めそうなものだが、今回は口出し無用という命令を受けているので、なにも言えないでいるのだ。「そこまで命令に忠実でなくてもいいのでは？」と思う雨妹だが、主従とはこういうものなのか、雨妹にはわからない。

――これは変なことが起きる前に、市場見物を終わらせるに限る。

ということで、雨妹は早速市場に突入し、興味の赴くままに露店を眺めることにした。

野菜や肉などが売られている中、雨妹の鼻がとある香りを嗅《か》ぎつける。

「ふむ……？」

雨妹がくんかくんかと鼻を利かせながら、肉の生臭さに紛れているその香りを探って行けば、そこにあったのは――

「魚！」

そう、魚であった。ただし干物だが、そこそこ大きな魚がまるごと開きにされていた。

「明様、魚があります！」

「へえ、これが魚？　私が知っているのとは違うね？」

雨妹が笑顔で告げると、太子は不思議そうにしている。

――ああ、太子殿下は調理済みの魚しか見ないだろうしなぁ。

後宮で尾頭付きで出されるならば小さな川魚だろうし、大きなものだと切り身になるので、この大きさの魚は初めてなのだろう。

というわけで、魚について誤解をさせないように、雨妹は説明する。

「正確には、これは魚の干物です。輸送や長期保存に耐えられるように内臓を抜いて塩漬けにして、カリカリになるまで水分を飛ばしているんです」

ただし前世でよく売られていた干物は、一夜干しのまだ柔らかさの残っているものがほとんどであったのに比べて、これは本当に水分が抜けきったカリカリ状態だ。こうもカリカリだと、ちょっと焼いた程度では歯が立たなかったりするわけで、この場で試食というわけにはいかないようだ。

「干し肉みたいなものか」

背後で立勇が干物についてそんなことを言っている。

まあ、干しているのが肉か魚かという違いでしかないだろうが、雨妹としては肉を干す方がより手間がかかって面倒な気がする。なにせ、工夫して干さないと生臭くなるので、辺境での冬支度の際、その生臭さには苦労させられたものだ。

「よく知ってんなぁ、嬢ちゃんは」

雨妹たちの会話を聞いて、その干物を売っている店主が感心している。

一方で雨妹は、干物を発見してしまったせいで、とある不満が湧いてきた。

「でもこうして干物でもお魚があるんだから、昨日の宿で食べられてもよかったんじゃないですかね？」

そう、ここの宿場町の役人用の宿でも、魚料理が出なかったのだ。

この愚痴に、店主が笑っている。

「そりゃあ、料理人の腕だよ、腕」

曰《いわ》く、ここまでカリカリな干物を食べられるようにするには、塩抜きに時間をかけたりと手間暇がかかる上に、美味しく加工する腕が必要となるということで。その手間をかけて料理をするほどの情熱を魚に対して持てるのかは、料理人次第であるのだとか。

――なるほど、肉だったら焼くにしても煮るにしても楽だもんね。

そんな苦労をしてまで、魚料理を出す意味があるのか？　と考える料理人もいるということか。

けど魚があるのに食べられないなんて、なんという拷問だろう？

ガックリする雨妹に、太子が「まあまあ」と肩を叩《たた》いてくる。

「この先の宿場町だったら、佳に近い分だけもっと海の物が揃《そろ》っているかかな」

太子の話に、雨妹の心に「そうかも」と希望の光が差す。

――うーん、海の魚を食べるのって、難しいなぁ。

けれどあるのに食べられないという事実に、雨妹は余計に魚への恋しさを募らせる。

「お魚ぁ……」

切なそうに魚の干物を見つめる雨妹に、「そんなに食いてぇのか」と店主が苦笑した。

「なら食っていくかい？　旅人向けに、この魚を使った包子《パオズ》を売っているんだが」

「……！」

店主の言葉に、雨妹はとたんに目を輝かせる。

「明様、明様！」

「うんうん、買ってみようか」

雨妹が飛び跳ねんばかりでいるのに、太子が微笑《ほほえ》ましそうな様子で頷《うなず》いた。後ろで立勇が「子供か」と呟《つぶや》いているのは、気にしないのだ。

「おい、包子をくれ！」

店主が奥へひと声かけると、しばらくして女の人が包子を三つ持って出てくる。

「どうぞ、魚を解《ほぐ》し身にして、甘辛く煮てあるんですよ」

そう言って彼女に差し出された包子から、確かに魚の香りが感じられる。

雨妹はその包子をまるで宝石かのように恭しく受け取ると。

――いただきます！

温かいそれに思いっきりかぶりついたとたん、口の中に広がるのは、甘辛い味付けの中でしっかりと主張する海の魚の味わいで。

「……んまぁぁい！」

今世初の海の魚に、雨妹は感動する。全身が魚の味を刻み込もうと、包子に集中しているのがわかる。

「こんな風に魚を食べるのは、初めてだ」

太子も雨妹の隣で、上品に包子を手で千切りながら食べている。それは確かに、太子の食卓にはこんな庶民の味付けの料理は出てこないだろう。

そして後ろの立勇も、無言ながらもすでに食べ終えているので、美味しかったのだろう。

「ハハハ、そんなに美味《うま》そうに食ってもらえれば、こっちも本望さ。アンタらは海へ行くのかい？あそこで食う魚は、もっとうめぇぞぉ！」

「はい、楽しみです！」

むしろこの包子のおかげで、雨妹の口が今から魚を食べる用意を始めてしまった。

——生のお魚、早く食べられますように！

雨妹がそんなことを思いながら、干物売りの店主と別れて市場を進んでいると。

「うん？」

雨妹は目の端の方に映った黄色い物体が気になった。

「なにか見つけたのかい？」

足を止めた雨妹に気付いて、太子も立ち止まる。

気になったソレを探すと、肉屋の前でその黄色い物体が山盛り入っている籠《かご》が置いてあった。その傍らに少年と少女がいて、二人で懸命に呼び込みをしている。

「あの、どうか、買ってください」

「買ってください」

それぞれ黄色いモノを手に持って、市場を通る人々に勧めている。少女の方が年上のようで、二人はよく似ているので姉弟《きょうだい》なのだろう。けれど、あのやり方では誰も立ち止まらないだろう。

――そう言えば、アレは今まで見なかったな。

雨妹がそちらをじっと見ていると。

「あの子らが気になるのかい？」

雨妹の視線の先に気付いた太子が、声をかけてきた。

「はい、あの子たちというか、あの果実が気になって」

雨妹が興味を示したものに向けて指さすと、太子が首を傾《かし》げる。

「……あれかい？　見たことないものだなぁ」

どうやらあの黄色いモノについて、太子も知らないようだ。

――にしてもアレ、見向きもされてないなぁ。

雨妹は一生懸命に売ろうとしているが、全く報われているように見えない子供たちに近付いていく。

「あの」

雨妹が声をかけると、子供たちは飛び上がらんばかりに驚いていた。

「はいっ⁉」

返事をする声も裏返っていて、誰かに話しかけられると思っていなかったようだ。

「聞いていい？　それって、檸檬《レモン》だよね？」

雨妹がそう問いかけると、子供たちはきょとんとした顔になる。

「……？」

「へ？　あ！」

少年が首を傾げ、少女はすぐにハッとした顔になった。

「あの、もしかしてこれって、その『れもん』っていうモノなんですかっ⁉」

少女が自分が握っているものをこちらに突き出しつつ、勢い込んで尋ねてくる。

――え、なに言ってるの？

言われた雨妹も、きょとんとした顔になった。

「これこれ君たち、商品の名前も知らずに、こうして売っていたのかい？」

不思議に思ったらしい太子が、思わずといった様子でそう尋ねる。雨妹も同じように不思議だったので、隣で「うんうん」と頷く。

しかし子供たち――特に少女は、これを怒られていると感じたらしい。

「あ、ご、ごめんなさいっ！」

膝《ひざ》に額がつかんばかりに頭を下げ、謝罪する。太子の明らかな身なりの良さを見ると、緊張するなという方が無理なのだろう。

「あの、その、決してだますつもりじゃあなくて……！」

そのまま地面に跪《ひざまず》いて額を擦り付けんばかりの勢いの少女と、わけがわからないけどつられて一緒に頭を下げている少年の様子に、周囲の人からだんだんと視線が集まってくる。

――これだと、ぱっと見こっちが子供をいじめているみたいに見えるじゃないのさ！

なんとも、非常に外聞が良くない構図である。

「大丈夫だから、怒っていないから。ただ、名前を知らない果実をどうして売っているのかなって、気になっただけだから！」

雨妹は二人を真っ直《ます》ぐに立たせて、説明する。

「それは檸檬っていってね、この辺りだと見ない果実だから、珍しいなって思ったの」

これを聞いた少女は戸惑うような表情ながら、おずおずと口を開く。

「……あの、これは、父ちゃんが行商人に騙《だま》されて買っちゃった種があって、それを育てたら生《な》った実なんです」

少女が語るには、数年前に出会った行商人に「金《きん》の生る木だ」と教えられて、父親が財をはたいて種を買ってしまったのだという。

――また、ベタな騙され方をするお父さんだなぁ。

金の生る木と聞かされて、まさか信じる人がいようとは。雨妹は声に出したら子供たちが傷付くかと思って、内心でぼやくと。

「確かに、この黄金色の実が生ったのだから、その行商人は上手《うま》いこと言ったねぇ」

隣で太子が変な点を感心している。少女がすごく居心地悪そうにモゾモゾしているので、そういう感心の仕方は止《や》めてあげてほしい。

雨妹は「エヘン！」と咳《せき》ばらいをして仕切り直すようにすると、少女に尋ねる。

「にしても、檸檬は暖かい地方で育つんだけど、よくこの辺りで実が生ったね？」

そう、檸檬は温暖な気候で育つ果実であり、この辺りは寒冷地ではないけれど、温暖とも言えない地域なのだ。

これに、少女が答える。

「……父ちゃんが、色々やったら、今年実をつけたんです」

「なるほど？」

――品種改良って、そんな簡単にできるものだったっけ？

もしそうだったら、農業はもっと発展していることだろう。この子供たちの父親は行商人には騙されたものの、檸檬を育てる才能があったのだろうか。

けど、黄色い檸檬の収穫は秋から春にかけてのはずなので、初夏の今の時期にあるということは、土地に順応した結果かもしれない。普通なら、もうしばらく待てば青い檸檬の季節だろう。

檸檬がここにある理由はわかったとして。

次に気になるのは、檸檬が全く売れていなそうな点だ。売れない原因は、子供たちの売り文句が「買ってください」しかないことだろう。美味しいかとか、どんな果物だとか、そういう情報がないのだ。

「二人とも、これを食べてみた？」

「……」

雨妹が尋ねると、子供たちは無言で下を向いた。

――ここで「美味しかった！」とか言えないあたりが、正直というか、なんというか。

「すごく酸っぱかったんでしょう？」

雨妹がそう言ってやると、少女は渋い顔をした。

「……はい」

「おいしくなぁーい！」

認めた少女に続いて、少年が顔をしかめる。

――まあ、食べて「美味しい！」ってなる果実じゃないのは確かだしね。

雨妹は苦笑しつつも、二人に教えてやる。

「檸檬はね、ちゃんとした食べ方で食べたら、ちゃんと美味しいんだから」

「うそだー！　絶対に美味しくないって！」

雨妹の話を、少年が疑っている。

――売っている人間がそれを言っちゃあ駄目でしょうよ。

雨妹は少年に呆《あき》れるやら、正直で可愛《かわい》いやらで、表情に困る。

ここまでの話を黙って聞いていた太子も、さすがに苦笑した。

「売っている本人らが名前を知らず、美味しいとも思っていないとなると、売れるはずがないな」

「すみません……」

本当のことであるので、少女が下を向いて身を小さくしている。

しかしこのままだと、この檸檬が酸っぱいだけの美味しくない果実ということになってしまう。そう思われているなんて、せっかく頑張って土地に順応して生った檸檬が可哀想《かわいそう》でないか。

――ようし、私がこの檸檬の真価を披露してあげようじゃないの！

檸檬の味方をしたくなった雨妹は、その黄色い実を一つ籠から手に取って、太子を振り向く。

「せっかくですから明様。この檸檬を買って、私が美味しいものをご馳走《ちそう》いたしましょう！」

雨妹がそう言うと、太子は面白そうな顔をして、その背後で空気と一体化していた立勇が「そうなると思った」と零《こぼ》す。

「へえ、それは楽しみだ。ぜひ、馳走になりたいから、やってみなさい」

太子がそう言って、檸檬加工の許可が出たところで。

雨妹は檸檬を購入すると、子供たちが檸檬売りをしていた奥にある肉屋に、井戸水を分けてもらうことと、器を貸してもらうことを頼みに行く。

肉屋のおじさんは子供たちの父親と知り合いのようで、騙されたことも知っていて、「売って金にしたい」と言ってきた二人を憐《あわ》れに思い、店先を使わせてやっているのだそうだ。

そんなおじさんも、檸檬の味見はしたらしく。

「買ってくれてありがてぇけどよぅ。お前さん、本気でアレを買うのかい？　物好きだなぁ」

子供たちが売っているものが売れたのが喜ばしいの半分、「あの酸っぱいものを買うなんて」という気持ち半分、といった微妙な心境らしい。

それもこれも、美味しい食べ方を知らないせいである。

「はい、水と器を使わせていただけたら、おじさんにもご馳走しますよ」

自信満々な雨妹に、おじさんはなおも懐疑的ながらも、店の奥を指さす。

「まあ、店の裏の通りに井戸はあるし、器くらい貸してやるよ」

「ありがとうございます！」

こうして水と器の確保ができたところで、太子には子供たちと表で待ってもらうことにして、裏の井戸まで移動する。

それに、立勇までついて来たのだが。

「立勇様、こっちに来ていいんですか？」

「……そういう指示だ」

雨妹の疑問に、そんな返答をされる。いいのであれば、雨妹も特に問題ない。

「立勇様、小ぶりな刃物を貸してください」

雨妹がそうお願いすると、立勇は無言で腰にある刃物を渡してきた。手入れしてあるその綺麗《きれい》な刃物で檸檬を切るのはどうかと思うが、肉屋の刃物で檸檬を切るのは生臭さが移りそうで、遠慮したのだ。

ともあれ、檸檬をくし切りにすると、大きな入れ物に井戸から汲《く》んだ水と、くし切りの檸檬を搾った汁、そして持参していた疲れた時用の鈴鈴《リンリン》の里印の蜂蜜《はちみつ》を入れて混ぜる。

それを人数分の器に注いだら完成だ。

雨妹はそれを持って、表で待っていた太子の元へと戻る。

「どうぞ、蜂蜜檸檬です」

太子と立勇と子供たち、あと肉屋のおじさんと雨妹自身の分の用意した器を、盆に載せて差し出す。

しかし、子供たちと肉屋のおじさんは手を出そうとしない。

——一度酸っぱい思いをしているから、そうなるのはわかるけど。

となると、太子に最初に飲んでもらうのは論外として、味見という名の毒見をするのなら、残るは立勇よりも雨妹の役目だろう。

というわけで、雨妹は「立勇様、ちょっと持っていてください」と言って盆を立勇に渡すと、載っている器の一つを取り、グビッと飲んでみせる。

——うん、美味しい！　やっぱり檸檬には蜂蜜だよね！

思い描いていた通りの味に、雨妹は思わず「プハァ～！」となる。

「ふふっ、美味しそうだね」

雨妹の様子を見守った太子が、自身も立勇の持つ盆から器を取り、ゆっくりと器を傾けて飲み込む。

「うん、美味しい。爽《さわ》やかで後味がいいね」

太子がニコリと笑って告げた感想に、子供たちは驚いて顔を見合わせている。

「……本当に、美味しいの？」

「この酸っぱいばっかりなのがぁ？」

少女は期待半分といった顔だが、少年の方はまだまだ疑いが強い様子である。

もしかして少年の方は、この檸檬《レモン》の酸っぱさのせいで酷《ひど》い目に遭ったことがあるのかもしれない。

——例えば檸檬をまるごと一個丸かじりとか、やったら咽《むせ》ること間違いなしだよね。

雨妹はそんなことを思いながら、盆を立勇から受け取って彼の分を手渡しながら、檸檬について説明する。

「檸檬の酸っぱさは、栄養が濃い証《あかし》みたいなものなんです。飲んだら夏の暑さでバテていたのが、少し元気になりますよ？」

「……確かに、この酸味が身体《からだ》に沁《し》みるというか、気分がスッキリするな」

雨妹の話を聞きながら、立勇が喉《のど》が渇いていたのか一気飲みをすると、そんな感想を述べる。

「へぇ～、そんなにうめぇのかぁ？」

雨妹たちが美味しそうに飲んだので、肉屋のおじさんも自分の分を取ると、まるで酒のように呷《あお》る。

「うん、うめぇ⁉　なんだろう、初めての味だなぁ！」

そして驚愕《きょうがく》というような表情になる。

この辺りでは、酸っぱいといえば酢くらいしかないのだ。檸檬以外の柑橘類《かんきつるい》も温暖な気候で育つので、同様にこの辺りでは手に入らない。そして酢の酸味と柑橘類の酸味は違った風味なので、驚くのも無理はないだろう。

「本当に？」

「嘘《うそ》言ってないかぁ？」

大人が口々に美味しいと言ったことに、子供たちは未《いま》だに疑いながらも、恐る恐る器を取り、口をつけると。

「……⁉　美味しいよ⁉」

「なんで⁉　美味しい！」

二人で目を丸くしている。

「ふふっ、これが檸檬の使い方です。檸檬を丸かじりするのは、よほどの好き者でないとしませんよ」

雨妹が「大成功！」という顔でそう教えてやると、少年がなんとも言えない表情になる。どうやら、本当に丸かじりしたようだ。

さらに、雨妹は太子に向けて説明する。

「この檸檬は、長旅をする人に重宝がられるものなんです。なにせ旅をするとなると、どうしても食事が保存の利くものばかりになりがちですから」

「確かに、遠征だと食事が貧相になるな。新鮮な野菜を食べたくても、大量に持って移動なんて、重くてできないからな」

雨妹の話に、立勇がしみじみといった調子で頷《うなず》く。

先だって行軍訓練での水の苦労を聞かされたが、兵隊というのは苦労をするものらしい。貧相な食事を長々と強要されるなんて、雨妹だったら絶対に兵隊にはなりたくないものだ。

――美味しいものが食べられないなんて、人生の楽しみのほとんどが消失してしまうじゃないのさ！

そんなことを思いつつ、雨妹は続ける。

「もし野菜を持って行けたとしても、気候が暑いとすぐに悪くなりますし。そのせいで身体を壊すことになったら、目も当てられません。その点、野菜の栄養がギュッと詰まっているこの檸檬は、塩漬けにすれば保存が利きますし、嵩張《かさば》りませんから」

雨妹の説明に、太子が「なるほど」と納得顔になる。

「これは、他国と往来するような商隊向けなんだね。商隊が通るのは辺境を避けた南の街道だから、そちらだとこの檸檬も有名なのかもね」

さすが太子、兵隊以外で檸檬を必要とする人のことに思い当たったようだ。

「商隊でもない限り、人里を通らずに移動なんてしませんからね」

この辺りにはこうして宿場町があるため、よほどの事情でないと旅の途中で食べ物の仕入れに困るということはない。

「ほへぇ～、そんな大層なモンだったのかぁ、この黄色いのがねぇ。わからねぇもんだ。よし、いっちょ買ってみるか！」

肉屋のおじさんが檸檬の籠《かご》を見て感心すると、蜂蜜檸檬が気に入ったのか、そう申し出る。どうやら彼は最初に子供たちから「ここで売りたい」と頼まれた時に試食して以来、檸檬は食べ物ではなく飾りだとばかり思っていたようだ。確かに、黄色が鮮やかだし爽やかな香りなので、飾りとしても使えそうだが。

「……！　ありがとうおじさん！　やった、初めて売れた！」

ぴょんと跳び上がって喜ぶ少女に、太子も声をかける。

「私も買いたいな。珍しいものみたいだし、妹の夫が案外喜ぶかもしれない。これを妹への土産にしよう」

そう言った太子が、籠の中身の残りまるごと――つまり肉屋のおじさんが買った以外の檸檬をお買い上げした。

つまり、これにて檸檬が完売である。

「うそ、まさか、全部売れた……⁉」

少女が「信じられない」という顔をしている。しかも太子は子供たちが売っていた安い捨て値ではなく、色を付けて買ったため、けっこうな大金となっている。

――これ、帰り道が危ないいんじゃないの？

「ねぇ、あなたたちはどこから来たの？」

心配になった雨妹は、子供に尋ねる。

「ここから、あっちの方に半日歩いた里の外れから来ました」

答える少女によると、その里から二人で背負う籠に詰めるだけの量を持って来たのだという。

――半日って、そこそこ時間がかかるなぁ。

半日を子供二人だけが大金を持って歩くなんて、襲ってくれと言っているようなものだ。雨妹がそんな懸念を抱いていると。

「子供二人では危ないね。そちら方面なら通り道だし、送っていこう」

太子も同様に考えたらしく、そう提案してくる。

「ついでに、この檸檬というものがどんなふうに生っているのか、見てみたいんだ」

ワクワク顔で言ってくる太子だが、多分こっちの方が本音だろうと思われる。

――いいのかな？

立勇を見ると、「仕方ない」といった様子であった。どうやら、いいらしい。

というわけで、子供二人をこの後合流した荷車に乗せて、またまた寄り道をすることとなった。


子供が半日歩く距離は、軒車と荷車だとその半分で到着した。

「あの、あっちです」

「いっちばん、外れにある家ー！」

雨妹たちはそんな子供たちの案内で、里を進んでいく。聞けば家は里の外れにあって、里の外をぐるりと回って行く迂回路《うかい》があるというので、そちらを通って直接軒車と荷車で乗りつけることになった。

彼らの家へ近付くにつれて、前方に目に鮮やかな黄色い果実を生らせた木々が見えてくるようになる。

――へぇ、結構立派な檸檬畑じゃないのさ。

結構立派に育っているものや、まだ若木であるもの、挿し木したてのものなどがあり、色々と試行錯誤して育てているのが見て取れる。檸檬の育て方など知らないままにここまで育てるのに、さぞ苦労したことだろう。

しかも檸檬だと思わず、「金の生る木」だと信じたままだ。これも、金を得たいという情熱のたまものなのか？　そう考えると、雨妹はこの檸檬畑が残念なものに見えてきた。

その檸檬畑を横に見ながら進むと、やがて一軒の家が現れた。どうやらあれが自宅のようで、子供たちは乗っていた荷車からピョンと飛び降りる。

事前に子供たちと打ち合わせていたのだが、知らない人間が突然押しかけては迷惑だろうから、まず子供たちが親に事情を話してから、雨妹たちが顔を見せた方がいいだろうという流れになった。今は離れたところで帰宅の様子を見守ることにする。

「父ちゃん母ちゃん！」

「ただいまぁ！」

そして元気よく家へと駆けながら帰宅を告げると、子供たちの声が聞こえたのか、少しして家の戸が開いた。

「あいよ、おかえりお前たち！」

家の中から出てきたのは、女である。年頃は三十代前半くらいで、恐らくは彼女が子供たちの母親だろう。

「ずいぶんと元気だけど、いいことでもあったのかい？」

母親はそう話しながら、飛びついてきた子供たちを受け止める。

「母ちゃん、売れたよ！」

「売れたー！」

子供たちが口々にそう言って指さす方を見て、母親は離れた所に停《と》まった軒車と荷車、それらを取り巻く護衛たちに気付く。

「……は？」

そして軒車の立派さと護衛の物々しさにギョッとした。

「あ、あ、あんたたちっ⁉　一体なにをしでかしたんだいっ⁉」

そう叫びながら慌てた母親は、とっさに子供たちを背後へ隠そうとしている。

――まあ、急に偉い人が乗っているっぽい軒車を見たら、そんな反応になるよね。

父親が騙《だま》されて檸檬の木を買わされたという話だし、そうした関連の借金取りだと思われたのかもしれない。

こんな風に半ば恐慌状態になっている母親の服を少女が引っ張り、「違うよ」と告げる。

「母ちゃん、あのね、あの人たちが檸檬をたくさん買ってくれたの！」

「お金がいっぱーい！」

「れもん？　はぁ？　なんだいそりゃあ？」

子供たちの言うことに、母親は首を傾げた。

「ウチにある、あの黄色いヤツのことだよ！」

少女がついさっき知ったばかりの情報を、母親にも教えてあげている。

「はぁ？」

しかし、母親の方はなおも理解が追い付かないらしく、ただただ軒車の方を恐ろしげに見ているばかりだ。

——こりゃあ埒《らち》が明かないな。

子供たちも興奮のためか、順序良く話ができているとは言えない。

あの母親がもうちょっと冷静になってから、出て行って話をしようと思っていた雨妹だったが、これだと状況が変わらなそうである。そう見て取った雨妹は、太子に尋ねる。

「ちょっと、行って話してきていいですか？」

「いいよ、誤解させたままだと申し訳ないからね」

雨妹は太子からの許可が出たところで、軒車から降りて母親へ近付いていく。

「……」

その後ろに、何故か立勇が馬から降りて無言で付き添って来るのだが、これは気にしないことにする。

——なんでだか、太子殿下って私を一人で歩かせたがらないんだよね。

雨妹は深窓の姫君ではないのだから、普通に道を歩けるし、暴漢に出会っても逃げる足もあるのだが。

雨妹が育った辺境はド田舎だが、そうした心得違いの者がいなかったわけではなく、親のいない雨妹をいいカモにしようとした輩《やから》だってそれなりにいた。そうした者を、雨妹は自力で撃退してきたのだが、それでも太子の目には雨妹が「か弱い女の子」に映るようだ。

——まあ、嫌なわけじゃないんだけど。

幸いなことにいつも同行するのは立勇で、見知らぬ人を付けられないため、息苦しさを覚えることもないのだし。

そんなことを考えながら、雨妹は母親に話しかけた。

「どうも、突然訪ねたんで驚かせちゃいましたかね？」

「……どちらさんで？」

母親は、小綺麗《こぎれい》な格好をしているものの、あまり高貴そうな雰囲気のない雨妹に少しホッとしたようだが、その後ろにいる立勇の武装を見て、また表情を引き締める。

雨妹は母親の様子に構わず、話を続ける。

「私たちがこの子たちが持っていた檸檬をほぼ全部買い上げたせいで、子供二人だけでそこそこの大金を持って歩いて帰ることになりまして。私共の主がそれを心配なさり、こうしてついでに送り届けて来た次第です」

雨妹がそう説明すると、母親は目をパチクリとさせ、子供たちの背負う空の籠を見た。

「え、じゃあさっきのは聞き違いじゃなくって、本当にアレが売れたんですかい⁉　アタシ、てっきりこの子たちが重いのが嫌で、どっかに捨ててきたもんだとばかり思ってましたよ！」

驚愕《きょうがく》といった調子で叫ぶ母親に、雨妹はニコリと笑みを浮かべて答える。

「はい、この辺りでは目にしない珍しい果実でしたので、ここで逃す手はないと思いまして、買い占めてしまいました。こちらへは、ついでに檸檬《レモン》畑を見たいという気持ちもありまして、同行させていただきました」

雨妹の説明に、母親が「ほわぁ……！」と声を漏らす。

「確かにあの黄色いのは、見たことも聞いたこともない形ですけどねぇ」

「はいお母さん、これがお金！」

呆《ほう》け顔でそう言う母親に、少女が懐に入れていた金の入った袋を差し出す。

「はいよ……って、はぁ⁉」

それを受け取った母親が、またギョッとした。

「こっ、こんな大金を……⁉」

反応にいちいち忙しい母親に、雨妹は告げる。

「それだけの価値があるんですよ、檸檬には」

そして雨妹は母親にも檸檬について、改めて説明をすることになった。

その間に太子が軒車から降りると立勇以外の護衛を連れて、檸檬畑見物をしているのが視界に入った。

すると、檸檬畑の中から男が一人ひょこりと出てきたようで。

「あ？　誰だおめぇら？」

男が目つき悪く太子を見て、そう問うてきた。

彼は少年に似た面立ちをしており、恐らく父親だろう。

「やあどうも、あなたがこの畑の持ち主かな？」

にこやかに話しかける太子に、男は怪しむ視線を向けると。

「なんだ、金を毟《むし》り取ろうとしても、なんにもねぇぞ？」

男はそう言い放った。

その様子は、雨妹たちからもしっかり見えていたし聞こえていたのだが。

――いやいや、その警戒心を行商人に向けようよ。

雨妹としては、あの父親の言い分に呆《あき》れるばかりだ。それとも騙されて懲りたおかげで、警戒心が身についたのだろうか？

一方で、このやり取りを目にして血相を変えたのが、母親である。

「アンタ、失礼をするんじゃないよ！」

子供たちを放り出して慌てて駆けて行った母親が、太子と男の間に割って入る。

「おぅ、なんでぃコイツは？」

顎《あご》で太子を示す父親に、母親が「馬鹿っ！」と怒鳴りつける。

「偉そうにしているんじゃないよ！　アンタが騙されて買った木に生ったこの黄色いのを、あの子たちが売りに持って行った分だけ、こちらの方々が全部買ってくださったんだよ！」

母親が説明した内容を聞いて、父親が「なにっ⁉」と目の色を変える。

「じゃあ、奴《やつ》がしていた話は本当だったんだな⁉　アレはやっぱり金なんだよな⁉　なあ、どうやると金になるんだ⁉」

「こら、近寄るでない！」

唾《つば》を飛ばさんばかりに太子に迫る父親の前に、護衛が立《た》ち塞《ふさ》がって阻む。

この父親の、護衛に怯《ひる》むことのない態度はあっぱれなのか考え無しなのか、判定をつけにくいところだが、今のところでは後者に分がありそうだ。

そして父親の態度に母親は青い顔をすると、慌てて引っぱって太子から離す。

「アンタって奴は、いつまでそんなことを言っているんだい⁉」

そして頓珍漢《とんちんかん》なことを言う父親を叱りつけているが、彼女の言葉が全く響いている様子がない。

「だいたいアンタはね、いつもそうやって……！」

そしてそのまま夫婦喧嘩《ふうふげんか》を始めてしまった二人を、雨妹は遠くから眺めている。

「あの人がなんで騙されたのか、なんとなくわかりますよね」

雨妹が思わず零した感想に、立勇もやれやれといった様子で頷《うなず》く。

「まだ騙した相手の話を心のどこかで信じているとは、素直過ぎるというか、なんというか」

雨妹と立勇のやり取りを聞いて、同じように父親の発言を聞いていた少女が、恥ずかしそうに俯《うつむ》く。

「父ちゃんは、ああいう人なんです」

「いっつもああだよ」

その隣の少年は、案外ケロッとした顔である。

母親と違って慌てない子供たちの様子に、雨妹は眉《まゆ》を下げる。

――この子たちがいざこざに慣れている感じなのが、なんだか可哀想になってくる……。

恐らくは、あの父親というのが相当の困ったちゃんなのだろう。そして騙されたのは、この檸檬が最初ではないのかもしれない。

あのままにしておくと夫婦喧嘩が終わらなそうだし、太子の前で夫婦喧嘩を続けさせるわけにもいくまい。

ということで、雨妹は場を収めるために立勇や子供たちと一緒に夫婦の方へと向かう。

「もぅし、あなたがなにを信じるのも勝手ですけれどね」

雨妹は喧嘩《けんか》をしてる夫婦に割り入ると、父親へ告げる。

「言っておきますが、我々はこの木に生っているものが、あなたが言うような金だから、買ったわけではありません」

「……あ!?」

そうズバリと言う雨妹を、父親がギロリと睨《にら》むが、迫力不足で怖くはない。

「我々はこれが珍しい貴重な果実だから買ったのだし、こうして畑を見に来たのです。故に、これは『金の生る木』なんてものではありません」

「なんでぃ、その言い方は」

ピシャリと叩《たた》きこまれる雨妹の言葉に、父親が不満そうに口元を歪《ゆが》ませる。金の話ではないことに、がっかりしたのだろう。

そんな父親の態度に、母親がパコン！　と頭を叩く。

「全く、馬鹿な男だね！　いい加減に夢から醒《さ》めな！」

そう怒鳴りつけると、父親の頭をつかんで強引に下げさせ、自身も深々と頭を下げる。

「失礼な亭主で、本当にすみません！」

「「すみません」」

両親と一緒にペコリと頭を下げる子供たちが、親思いと言うべきか、憐《あわ》れと言うべきか……。

「純粋な人というのは、いるものなんだねぇ」

太子がいっそ感心しているけれども、これが子供だったら微笑ましいのだろうが、いい歳《とし》をした大人がやると痛々しいことこの上ない。

「それにしても、この木がそんなに凄《すご》いものだったなんて、信じられませんよ！」

母親が気持ちを切り替えたのか、檸檬の木について驚いてみせた。

「檸檬について全く知らなかったようですけど、これを売った行商人はどんな実が生るのかとか、味とか、なにも言っていなかったんですか？」

雨妹の疑問に、母親は父親をちらりと見るが、彼はムスッと足元を見るばかりだ。どうやらなにも聞かされていないらしい。

――いやいや、ちょっとは聞いておこうよ。

それとも、金という言葉に頭が一杯になってしまったのか。ますます父親の株が下がりそうな事態に、太子が口を挟む。

「恐らくはここへ売りに来た行商人も、誰からか仕入れただけで、正体を知らなかったのではないかな？」

「ああ、そうかもしれないですね」

雨妹は太子の考察に同意する。

長い旅をする商隊では重宝する檸檬だが、短距離を行き来するのみの商人には、そんなに画期的な食べ物に思えなかったのだろう。それに酸っぱい味というだけなら、調味料として酢というものがある。果実としても調味料としても、魅力を感じられなかったに違いない。だから種だけがここまで流れて来て、詐欺に使われてしまったのだ。

これが街道をもっと先に行って港まで行けば、外国へ行く船を相手に売れたかもしれない。なにせ船こそ、野菜が食べられない環境なのだから。

こんな雨妹たちの会話を、父親は首を捻《ひね》って聞いていた。

「だいたいよぅ、さっきから聞いていれば果実って言っているが、これが食いモンってことか？んなわけねぇだろう」

そして馬鹿にするようなことを父親が言うと、母親が「失礼を言うんじゃない！」と言ってまたもやパコン！　と頭を叩く。

「そうは言うがよぉ、食えねぇモンは食いモンって言わねぇだろう⁉」

父親の言い分を母親も正論だと思ったのか、黙り込む。

そんな微妙な空気の中。

「あのね、美味しかった！」

「おいしー！」

子供たちが、無邪気にそんな報告する。

これに、父親が眉をひそめる。

「嘘を言うんじゃねぇ！　おめぇら食えたモンじゃねぇって、文句言ってたじゃねぇか！」

父親は「わけがわからない」という顔をしていて、これには母親も同意であるようだ。

「確かに、金なんてもんじゃないのはわかっていたけどね？　急に果実だ、美味しいって言われてもねぇ」

母親はそう言いながら、否定するのは失礼になるが、信じることもできないという、微妙な顔をしている。

どうやら家族揃《そろ》って、檸檬の美味しい食べ方を発見できなかったようだ。

――栄養があるのに、酸っぱいだけでこんなにも邪険にされる檸檬って、可哀想だなぁ……。

雨妹は檸檬の汚名を返上してやりたくなった。

「では、美味しいということをわかってもらうために、試食しましょう！」

握りこぶしを突き上げてそう宣言したら、真っ先に反応したのは子供たちである。

「やった、また美味しいの！」

「美味いのだ！」

「雨妹、試食って、もしかしてアレかい？」

キャッキャとはしゃぐ子供たちを横目に見た太子が、雨妹に問うてくる。

「はい、もう食べられなくもないので」

「へぇ、そうなのか」

「……」

雨妹と太子が頷き合うのを見て、立勇が物言いたげに眉を上げている。「なんの話だ？」と聞きたいのだろうが、雨妹はそれにあえて気付かないフリをして、軒車に駆けて行くと、中で荷を漁《あさ》り、とあるものを持って来た。

「これはまだ漬かり具合が浅いんですけど、十分に美味しいですから」

「……それは、漬物かなにかかい？」

そう話す雨妹が持っている瓶を見て、母親がそう尋ねる。

「まあ、漬物と言えなくもないですね。これは檸檬《レモン》の蜂蜜《はちみつ》漬けです」

雨妹が答えながら蓋《ふた》を開けると、輪切りにした檸檬が蜂蜜に漬かっていた。ちなみにこの瓶は、これを作るために宿場町の市場で購入したものだ。

瓶の中から、檸檬と蜂蜜の香りがフワリと立ち昇り、覗《のぞ》き込んだ母親の表情が緩む。

――うんうん、甘い香りってそうなるよね！

雨妹は甘味を愛する者として、その顔をされると「やったね！」という気分になる。

「まずは食べてみて、というか飲んでみてください」

そう勧める雨妹は母親に器と台所を借りて、早速蜂蜜檸檬を作る。大きな器に漬け込まれた輪切りの檸檬と、檸檬の汁が馴染《なじ》んだ蜂蜜を入れ、水で割った。

これを人数分の器に入れ、皆が待つ場所へと持っていく。

「どうぞ、召し上がれ」

雨妹が配って回ると、受け取った少女が首を捻る。

「前のと違うの？」

宿場町で作った蜂蜜檸檬と違って、輪切りの檸檬が浮かんでいたからだろう。少女の疑問に雨妹は頷く。

「そうだよ、蜂蜜檸檬の作り方は、色々あるんだから」

「これもおいしー！」

雨妹が説明している間に早速飲んだ少年が、満面の笑みでそう言う。

「本当だ、ちょっと違う、でも美味しい！」

少女も続いて飲んで、そう声を上げる。

――うんうん、違いがわかるとはなかなかやるね！

子供たちの反応に、雨妹は満足げに頷く。

「……」

この雨妹と子供たちとのやり取りを、父親がじっと見ていたが。やがて渡された器に胡散臭《うさんくさ》そうに目をやって「ふん」と鼻を鳴らし、グイッと呷《あお》った。

「……っ⁉　ゲホッ！」

そして、すぐに咽《むせ》る。

「父ちゃん、もったいない！」

「きったねぇ～！」

口から飲んだものを零している父親に、子供たちがブーブーと文句を言う。しかし言われている父親はそんなことは耳に入らないようで、カッと目を見開いている。

「なんだこりゃあ⁉　うめぇぞ⁉」

「本当だ、酸っぱさと甘さが混じって、信じられないくらいに美味いよ！」

驚くのは父親だけではなく、母親も目を丸くしている。

「檸檬を蜂蜜に漬けたものを、水で割ったんです。もうしばらく漬けると、もっと檸檬と蜂蜜が馴染むんですけど」

雨妹が解説すると、母親は「はぁ～」と感心する。

「こりゃあ、飲んだら胸がスーッとするような爽《さわ》やかさだねぇ。それに、蜂蜜なんて初めて口にしたよ。水あめや砂糖とは違う甘さだ」

「ああ、水あめや砂糖でも作れますよ？　蜂蜜の癖がない分だけ、檸檬の風味が引き立つかもしれません。これは収穫後の保存が難しい檸檬を、長く楽しむための方法なのです。塩漬けにすれば長く保存できますけど、それだと味気ないですからね」

母親の述べた感想に、雨妹はそう付け加える。

冷蔵庫のようなものがないこの国では、檸檬はあまり長期保存ができない。生産地で食べるか、塩漬けにしておくかしかないのだ。この保存の利かなさが、商品として広まっていない理由の一つかもしれない。

夫婦が蜂蜜檸檬に驚いている一方で。

「うん、美味しいね」

太子も受け取ったものを飲みながら、輝かんばかりの笑顔である。

――まあ、そうだろうねぇ。

実はこれを作るのに、軒車の中で作業をしていたので、太子も興味を示して手伝いたがったのだ。それで最初は瓶を持ってもらっていたのだが、「檸檬を切ってみたい」と言うのでやってもらったりして、太子の労力も入っている一品なのである。

もしあの場に立勇がいたら怒られる案件だろうことは、雨妹にもわかっているが。それでも太子が自ら手作りしたものを口にして、満足そうにしているのを見ると、いいことをしたと思う。

たとえ隣の立勇がそのあたりを察してか渋い顔で睨んでいたとしても、些細《ささい》な問題である。

それにこれは元々、前回の蜂蜜檸檬の際に、その場にいなかったために味見をできなかった、立勇以外の護衛や軒車と荷車の御者にも飲んでもらおうと考えて、作ったものなのだ。でないと、立勇だけが美味しいものを口にしているという、不公平が生じてしまうではないか。

――美味しいものは皆で平等に、だよね！

美味しいものは独り占めをしたい人だっているだろうが、雨妹としては美味しさを誰かと語り合いたいのだ。そうすることで、美味しさが倍増するのだから。

結果、試食は大成功だったようで。

「私、檸檬よりもコレを売りたーい！」

少女がはしゃぐように「ハイッ！」と手を挙げる。

「そりゃあ、自分が飲みたいだけだろうに」

それに母親が呆《あき》れて、少女が「てへっ」と頭を掻《か》く。

「こりゃあ、金じゃなかったのか……」

事がここに至って、父親はようやく檸檬が金ではないと理解したようだ。

いや、薄々は悟っていたのだろうが、騙《だま》されたことを認めたくなかったのだろう。

そんな父親に、太子が語り掛ける。

「けれど、黄金にも等しい価値のある果実ではないか。なんと言っても、この辺りではここでしか生産していないのだからね。それに販路を確保できれば、都にも港にも届くことであるし。やり方次第ではないかな？」

「そんな、まるで夢みたいな話だよ……」

太子の話に、母親があっけにとられた顔をしている。

「まあ、そういう大きな夢を見るかはともかくとしてですね。食べ方を知ったうえで売れば、買う人がいるってことです」

雨妹が簡単に話をまとめると。

「売れるー！」

「やったぁ！」

そう言って子供たちがピョンピョンと跳び上がり、少女はちょっと目をウルウルとさせていた。重い檸檬を持って行っては売れない日々が、よほど辛《つら》かったのだろう。

「それに、先程の話ですが。自分が欲しいものを売るのは良い意見だと思いますよ？」

雨妹はそう親子に告げる。

なにせ子供たちは、名前も知らず、美味しいとも思っていない代物を売っていたのだから。それでは売り方だって雑になろうというものだ。

これが檸檬を飲み物にして売ってみて、それが美味しかったら、料理屋あたりが同じものを作りたいと考え、実の方を買ってくれるかもしれない。こういう流れを作るためにも、試食販売は有効な手なのだ。

そして雨妹は「ああ、そうだ」と思いつく。

「秋口の青い実も食べられるんですよ？」

そう、檸檬は一年中収穫できる果実で有名なのだ。

「この黄色い実とは違った味わいがして、温かいお茶に檸檬を輪切りにしたものを浮かべて飲んだら、美味しい上に身体が温まります」

これを聞いて、母親が「はぁ～」とため息を漏らす。

「そうなのかい。アタシャあ、食えもしないものを育て続けるこの人を、阿呆《あほう》だと思っていたけど。

どう転ぶかわからないものなんだねぇ」

雨妹の話に、母親が感心しきりである。

父親のあの様子だと、金になるとひたすら信じて育てていたようなので、青い実には興味がなかったのだろう。それに黄色い檸檬より酸味が強い青檸檬は、食べ方を知らなかったら美味しいと思われないだろう。

檸檬をもっと広めてもらうためにも、雨妹は檸檬料理をいくつか母親に伝授したところで、出立することとなった。

「やれやれ、寄り道が過ぎると立勇に叱られてしまったよ」

軒車の中で太子が苦笑する。雨妹が母親と話をしている間に、太子は立勇にお説教をされていたようだ。

「けれど、おかげでいい品を土産にできたよ。妹が嫁いだ男は、港を管理している人物でね。話からすると、船にもうってつけなのだろう？」

「はい、その通りです」

さすが太子、そのことにも気づいたようだ。

そんな会話をしている間に、準備が終わって軒車が動き出す。

「お姉さん、お兄さんたち、ありがとー！」

「またねぇー！」

雨妹たちが街道に戻っていくのを、子供たちが追いかけながら手を振っている。

「がっつり檸檬を売るんだよー！」

雨妹も窓を開けて叫び返すと、後ろの方で母親がいい笑顔で手を振っているのが見える。最後に教えたことが、よほど嬉《うれ》しかったのだろう。

実は檸檬の蜂蜜漬けは、常温のまま放っておくと発酵する。すなわち、お酒になるのだ。他の糖類で漬けても同様である。

けれどもこの事実は、あの後で母親にだけこっそり教えておいた。

――あのおじさん、お酒をやったら駄目な人な気がするし。

ともあれ、それから軒車は順調に進み、徐州との境はもうすぐそこだ。

# 第四章　徐州《ジヨシユウ》入り

ここ崔国《サイ》では、州の境を跨《また》ぐ際に検問がある。

それは前世でいうところの出国・入国検査のようなもので、兵士が検問をしている。何故《なぜ》そのような検査が必要かというと、崔国の州はそれぞれにその地に根付く諸侯が治める独立した領地だとされているからだ。独立してるのだから当然、出ていくものと入ってくるものは厳しく検査する必要があるわけである。

国の中で独立した領地というのはややこしいが、これには訳がある。

一応、九つの州を纏《まと》めて崔国としており、皇帝はその崔国を統べる者であるのだが、各州の諸侯たちは必ずしも皇帝という存在を敬ってはいない。中には皇帝のことを、直轄地である耀州を治めている一族であるにすぎない、と言い放つ諸侯もいるくらいだ。

ちなみにその強気な諸侯の筆頭が、これから訪れる徐州の黄《ホアン》一族なのだとか。

では、そんな纏まっているとは言えない諸侯たちが、何故崔国という国の形に賛成したのかと言うと、外国に舐《な》められないためなのだとか。

というのも、崔国の北は大国と隣接している。昔から小競り合いが絶えず、諸侯の間で覇権争いで揉《も》めていると、横槍《よこやり》が入って領地を削られる、という歴史を繰り返しているらしい。

隣国と接している領地だけの問題ではなく、そこが隣国の手に落ちればその隣の領地が危うくなり、というように被害が徐々に拡大してくるに至って、さすがに諸侯たちも「このままでは拙《まず》い」と考えた。

なので彼らは隣国に攻められないためにはどうするべきかを考え、とりあえず諸侯たちの領地を纏めて国ということにした。そして隣国との交渉の窓口として皇帝の座を作った。

「そんな理由だから、皇帝の座もだいたい各諸侯一族による持ち回りなんだ。だからある一族が皇帝の座を何代にもわたたって独占する、なんてわけにはいかないいんだよね」

「はぁ〜、なるほど」

雨妹《ユイメイ》は太子から崔国の歴史を語られ、感心するやら呆《ほう》けるやら、反応に微妙に困る。

――なんか、皇帝がただの中間管理職に聞こえるんですけど。

そしてまさかの連邦方式とは意外なようで、効率的な気もする。前世で華流ドラマの歴史ロマンの部分もそれなりに好きだった身としては、夢が壊れるぶっちゃけ話である。けれど、現実とは案外そんなものなのかもしれない。

そしてそういう事情であれば、皇太后が自身の姪《めい》を皇后にして、さらには次期皇后の座まで血縁で占めようとしているというもっぱらの噂《うわさ》であるところのやり口は、この決まり事を無視するやり口であると言える。

あの思い出すのも鳥肌ものな皇后の息子が太子になれなかったのも、もしかすると本人の資質に加えて、そのあたりの諸侯間の強制力が働いたのかもしれない。

こんなわけで、それからは覇権争いは隣国の横槍を封じた状態でやる、という方法で長年落ち着いていて、そのおかげというのか、以来隣国との関係性は表面上は平穏であるらしい。

「ああでも、私が生まれる前に一度だけ、そこそこ大きな衝突があったらしいのだけれどね。それを華麗に跳ね返してみせ、その功を以《もっ》て皇帝の座をもぎ取ったのが現皇帝であるというわけだ」

「へぇ〜、そんな経緯があったんですねぇ」

太子が語る最近の隣国事情に、雨妹は本気で感心する。

――父ってば、案外武闘派だったんだな。

雨妹は意外な皇帝の姿を知り、ちょっと父への評価を上げる。

なにせ雨妹は現在の後宮内での皇帝像しか知らず、そこでは「仕事をしない」とか「やる気がない」などの、皇帝に近付くことができる宦官《かんがん》や女官の噂話のまた聞きという、伝言ゲームの末の話しか聞こえてこない。なのでなんとなくだが、昼行燈《ひるあんどん》なのんべんだらりとした皇帝像が脳内に定着していたのだ。

娘としては、父が怠け者であるよりも働き者な評価をされている方が、なんとなく嬉しいものである。

ところで、どうして雨妹と太子がこんな話をしているのかというと。

軒車《けんしゃ》が徐州との州境の検問で順番待ちをしており、暇を持て余していたからだ。

これがもし、太子が公式な立場で通るのであれば、検問で並んだりはしないという。しかし今はお忍びで、身分はお役人一行なのだ。とても特別扱いを求めるような立場ではなく、こうして素直に順番待ちをしているのだ。

なのでその待ち時間の暇潰《ひまつぶ》しに、社会の勉強として国の歴史を聞いているわけである。

会話がちょうど途切れたところで、検問の列をよく見れば、雨妹たち耀州《ヨウシユウ》から徐州へと入る列を検問する兵士と、徐州から耀州へと向かう列を検問する兵士とは、違う所属であるようだ。装備が異なるのが遠目にもわかる。

「なんであちらとこちらで、別々の兵士がやっているんですか？」

雨妹が疑問を述べると、太子も先の方を見やって「ああ」と頷《うなず》く。

「あれは耀州側の兵士と、徐州側の兵士とに分かれているんだよ。ここは都と港を結ぶ街道だからね、御禁制の品が流れていないか、厳しく見張る役割もあるんだ。他の州境はこれほどじゃあない」

確かに、雨妹は辺境から都へとやってくる時に州境を通ったはずだが、こんな列に並んだ覚えはない。普通に掘っ立て小屋の横を通り過ぎただけだった気がする。

「なるほど、海を越えてくるものが、なにも良い物ばかりとは限りませんものね」

雨妹は御禁制と言われれば、美術品や麻薬の類が思い浮かぶ。都から出ていくものには、国が保護している美術品を警戒して耀州側の兵士が担当し、港からやってくるものには徐州側の兵士が麻薬に目を配るのだろうか。となると検査も面倒そうだし、時間がかかるのも道理だろう。

そんな色々があるのだったら、余計に大人しく待っているのが吉というもの。

それに検問の様子を見ると、特に誰かが引っかかっている様子もなく、機械的にやっている風であるというか、慣れている故の流れ作業感がある。

——でもあの流れ作業ってヤツが、余計に疲れるんだよねぇ。

雨妹が兵士たちに同情を覚えていると、その間にも列が進み、雨妹たちの順番が近くなってきた。

その時。

ガラガラガラ……。

後方から車輪の音が近付いてくるのが聞こえてきた。

——なんだろう？

雨妹は窓から顔だけ出して車輪の音の方を見る。すると、護衛連れのとある軒車が列の横を通り過ぎていくところであった。

その軒車はそのまま検問へと進んで行き、最前列に横入りする形で止まった。この行為だけであれば、宮城から急な知らせでも持って来たのかとも思えるのだろうが。

その軒車の見た目が、なんというか、それっぽく見えなかった。軒車の見た目というのが、雨妹たちが乗っているものよりも豪奢《ごうしゃ》というか。

——ぶっちゃけ、派手派手しい！

あの派手さは、後宮で妃嬪《ひひん》たちが乗っているものに近いが、あれをもっとケバくしたらこうなるだろうか？　むしろ前世で言うところのデコトラにも通じるものがあって、お金をかける方向性を間違えている気がする軒車である。

後宮の軒車だって、後宮の外で走らせれば目立つだろうと思うのに、それ以上のものをこんな街道で走らせるとは、結構な勇気である。

「ふわぁ……」

雨妹が派手車を野次馬していると。

「あれは、黄家のものか？」

軒車の中で太子がそう呟《つぶや》いて、眉《まゆ》をひそめていた。

——アレに乗っているのって、知っている相手なのかな？

自分ならばもし知り合いだったとしても、知り合いだと思われたくなくて知らんぷりを決め込みそうだ。それに黄家とは、徐州を治める諸侯一族ではなかったか？

雨妹がそんな風に思いながら、そのまま検問を眺めていると。

「困ります、そのようなことは！　それに何度も特別扱いはできかねます！」

検問の方からそんな兵士の声が聞こえてきた。

「なにかあったんですかね？」

雨妹はすぐ近くにいた立勇《リーヨン》に話しかけると、しかめっ面で応じてきた。

「通常だと、こういう場での順番を無視した横入りは、前もって通達しておくのが礼儀なのだが、全くそのようなことをしていなかったようだな。それに、検査を受けずに押し通ろうとしているらしい」

目も耳も良いらしい立勇が、検問のそんな様子を伝えてくれる。

「へぇー、なんか横暴ですね」

確かに前世でも、空港などで事情があって早く手続きを終えたい場合は、それなりに手回しが必要であった。それと同じことで、検問を早く通りたいなら、それなりの手順を踏まねばならないようだ。

「品位が問われる行いだね」

この雨妹と立勇の会話が聞こえたのか、軒車の中で太子がそう零《こぼ》している。偉い人的にも「これはない」という行いであるようだ。

彼らの騒ぐ声が大きくなってきているらしく、雨妹にも風に乗って聞こえてくる。喧嘩腰《けんかごし》にやり合っている軒車側と兵士側で、取っ組み合いに発展しようとしていた。

「よくないな、あれは」

立勇も眉をひそめて注視している。こちらはお忍びである立場なので、仲裁に乗り出すわけにはいかないのがもどかしい。

——どうなるんだろう？

突如発生したこの揉め事に、列にいる他の者もザワザワとし始める。

「……！」

するとそこで、徐州側の検問から男が一人やってきた。

——お？　どっちの援軍？

雨妹がドキドキしながら見守っていると、男は派手車をチラッと見やって耀州側の兵士と会話をしたかと思ったら、派手車を徐州側の検問へと誘導していく。どうやらあちらで検問を行うようだ。

「解決したんですかね？」

目を凝らして様子を眺める雨妹に、立勇が「恐らくはな」と息を吐く。

「黄家の荷をなにもせずに通させるなど、後ろ暗いことがあると勘ぐられ、結果黄大公の不利に働くだけだ。そのようなことを、徐州側とて見過ごすわけにはいかん。大方身内の検査で何とか了承させたといったところか」

立勇のそのような解説に、雨妹は「なるほど」と頷く。

さらに見ていると、派手車は徐州側で調べられているものの、兵士がなにかを触るたびに護衛が文句を付け、手を止められるの繰り返しである。

そのような検査になっていない検査をしたところで、派手車がまるで逃げるように即座に去っていく。

なんというか、嵐のような軒車であった。

そういうことがあって少々時間をとられてしまったが、しばらくしてようやく雨妹たちの順番が回って来た。

「佳《カイ》へ向かわれるのですか。美味《うま》い酒があっていいですよ、あそこは」

この検問に滞在している兵士は、休みの日には佳の港へと遊びに行くこともしばしばあるそうで、荷を調べながらもにこやかにそう話しかけてくる。

「先程の連中はずいぶんと騒いでいたが、ああいうのはよくあるのか？」

立勇が世間話のように尋ねると、その兵士は檸檬《レモン》の籠《かご》を不思議そうに眺めてから、「ああ」と振り向いた。

「さっきの黄県主一行のことですか。最近になってよく通るんですよね。お偉い方なんでしょうけど、先ぶれで話を通さずに順番破りをしたり、たまにああして荷検《にあらた》めをしたくないってゴネたり、たまりませんよ」

兵士が話すのに、立勇が「それは迷惑極まりないな」と同情する。

「本当に。他の黄家のお偉い方は、きちんとなさっているのですがね」

兵士はそう告げてため息を吐《つ》く。

毎度好き勝手に振る舞うあの連中を、耀州側で持て余していて、これは徐州側でも問題視される事態となっているらしい。

――まあね、自分たちの主家が問題を起こしているんだもんね。

それで最近になり、徐州側検問の責任者に、佳に住まう黄家の若君の手の者が派遣されて来たようで、ああして強引に押し通るやり方を許さなくなったのだとか。

なるほど、途中で割って入って来た徐州側の兵士は、このための人員であったらしい。道理でやって来るのが揉《も》め始めてから比較的早かったはずだ。

「おかげで問答をするのが短くなったんですがね。代わりに我々から横暴を働かれたという事実を作って、有利に話を進めようって魂胆なのか、ああしてだんだん当たりが強くなっていて」

しかめっ面になるその兵士が、あの派手車の連中とのやり取りを語るには。

『黄県主の荷を漁《あさ》ろうとは、皇族の犬は盗みが仕事なのか⁉』

あの派手車の護衛らしき男がそんな罵倒《ばとう》を放ってきて、あまりの言い草にカッとなった兵士が『なんだと⁉』と迫ると。

『おおこわ、盗人が本性を現したわ！』

護衛がさらに煽《あお》ってきてと、だんだん騒ぎが収拾つかなくなっていったのだという。

——騒ぎを大きくしてから、どさくさに紛れて素通りしようとしたのかな？

雨妹も一緒になって話を聞きながら、そんな風に邪推してしまう。

「あちらでもまともに検問をさせてもらえないようですが、そういうことも含めて佳の若様のところには報告が上がっているみたいで。若様には早く何とかしてほしいもんですって」

兵士が最後にそう愚痴ったところで、雨妹たちの検問は終了したらしい。通って良しの合図を貰《もら》って、軒車が動き出した。

「世の中には、面倒な人がいるんですねぇ」

先程の兵士の話を反芻《はんすう》しながら、雨妹が思わずそう零すと。

「どこでも一人はいるものだよ、ああした者は」

太子がそう言いながら、困ったように苦笑する。

——でも黄家って、私たちが向かう先じゃない？

ここまで寄り道ばかりしたので、雨妹はそもそもの目的について忘れかけていたが、自分たちが向かうのは、その黄家に嫁いだ公主のはず。

「私たちが伺う先は大丈夫ですかね？」

先行きに不安を覚えて尋ねる雨妹に、太子が「心配ないよ」と笑いかけてきた。

「我々が向かう先は、先程の話に上がった若君のところだよ」

「あ、そうなんですね」

どうやら良い方の黄家の人のようで、雨妹は安堵《あんど》する。

「けれど、なるほどね。アレが噂の黄県主か」

しかし太子は一人、意味ありげに呟いていた。


検問を通過すると、やがて宿場町が見えてきた。

徐州の宿場町は、他の宿場町と比べて一際規模が大きいようだ。

「へぇ、賑《にぎ》やかですねぇ」

軒車が宿場町に入り、雨妹は窓から街並みを眺める。

大通りには大小様々な商店が多く並んでいる。その賑やかさは、都の大通りにも引けをとらないのではないだろうか？

感心する雨妹に、太子が教えてくれたことによると。

「ここは港のある佳の手前にあるだろう？　船来品を求めて港へ向かうものの、佳は漁師の街で少々荒っぽい気風であることを厭《いと》う者たちもいてね。そうした受け皿として、ここが造られているんだよ」

「なるほど、そういうことですか」

寄り道をしたり検問で待ったりと時間を取られたのに、まだ明るい時間に到着できるという近距離であるのは、そういう特殊な立地である故のようだ。そして「港には行きたくないけど船来品は欲しい」という需要をしっかりと取り入れるあたり、黄家にはやり手がいるのだろう。

そう思って外を見ていると、宿場町の造りがどことなく都に似ている気がする。どんな人にも受け入れられる造りとなると、自然とそうなるのかもしれない。

ところで、雨妹が窓の外ばかりを見ているのは、なにも物珍しさからというだけではない。買い物をするための店がどの辺りにあるのか、調べているのだ。

なにを買いたいのかというと、例の紐《ひも》パン用の布を買いたいのだ。

——ここで買わないと、次はないかもだし！

佳に着いたら忙しくて、ちょっと買い物に出る暇はないかもしれないのだ。なので雨妹が真剣に店の外見から吟味して、場所を記憶に刻み込んでいると。

「ああ、そうだ」

そう太子が朗らかな調子で言った。

「雨妹は旅の荷物は足りているかい？　佳には恐らく二、三日滞在すると思うから、足りなそうならここで揃《そろ》えた方がいい。適当な店に寄らせるから、君はそこで身の回りの物を買うといいよ」

この太子の提案に、雨妹はギョッとする。

——いやいやいや、ちょっと待って！

この口ぶりだと、軒車のままどこかの店へ向かうということだろうか？

「いえ、わざわざ寄ってもらわなくても、宿へ入った後で自分で買いに行きますから」

雨妹はやんわりと、しかしキッパリと断ろうとする。

太子が選ぶ店が、高級店でないはずがない。そして、絶対に太子はついてくるだろう。またもや太子同伴で買い物とか、これ以上護衛の神経をすり減らせるわけにはいかない。雨妹が護衛に恨まれないためにも、今回はぜひとも素直に宿へ直行してほしい。

しかしこの雨妹の願いに、太子が笑みを浮かべた。

「私は、この際に伸び伸びと過ごしたいのだよ。ここだとうるさく言ってくる官吏も女官もいないしね」

「そりゃあ、まあ……」

それを言われると、雨妹も言葉に詰まる。太子という役目が非常に重責があり忙しいのは、雨妹にもなんとなくだがわかる。数回訪れた太子の部屋には、いつも書類が山のように積まれていた記憶があるのだから。

「ねえ雨妹、私の気晴らしに付き合っておくれ?」

そう言いながら迫ってくる、太子の笑顔の圧が凄《すご》い。

「……ハイ」

結果、最後には頷《うなず》いてしまった雨妹を、誰が責められようか?

——立勇様には、せいぜい言い訳をしておこう。

こうして太子との買い物が決定になったところで、太子が窓越しに御者へと行き先を伝える。どうやら寄る先の店は決まっているようで、伝え方に迷いがない。

こうなると諦《あきら》めるしかない雨妹が窓の外をチラリと見ると、立勇と目が合った。けれど即行で目を逸《そ》らしたのは言うまでもない。

それからやがて、軒車はとある建物の前で停《と》まった。

「……ここですか？」

軒車から降りて建物を見上げる雨妹は、頬が引き攣《つ》りそうになっていた。

その建物は外観が少しお洒落《しゃれ》というか、西洋風なデザインが混ざっていて、周囲の建物と明らかに違う。

雨妹が一人で行くつもりだった店とは、確実になにかが違うように思えるのだが。

「ここは舶来物も扱っているから、珍しい品も置いてあると思うよ」

けれど太子はそんなことに頓着《とんちゃく》せず、さっさと建物の中に入ろうとする。それに続く雨妹の隣を、馬を軒車と一緒に置いて来た立勇が歩く。

「……明《メイ》様ってお詳しいんですね」

雨妹が立勇を見上げて小声で尋ねると、眉《まゆ》をひそめて見下ろされた。

「元々、あまり宮に閉じ籠《こも》られる方ではないからな。ここのところどこにも行かずにじっとしていたせいで、鬱憤《うっぷん》が溜《た》まっていらしたのだろうさ」

なるほど、太子は元来行動派な人のようだ。それが最近は後宮に引き籠っていたと。

——私のフォローのせい、とかじゃないよね？

なにかと立彬《リビン》を通して太子にお世話になっている自覚のある雨妹は、ちょっと冷や汗を掻《か》きそうになった。

それにしても、立勇があまり不機嫌そうに見えないので、この店に立ち寄るのは半ば決まっていたのだろうか？　太子も店に慣れている風なので、初めて訪れたのではないようだ。

ともあれ、雨妹もここまで来てしまったのだからと、開き直って買い物をすることにした。

雨妹だって女の端くれ、買い物は好きだ。後宮でたまに開かれる市では、装飾品が多くて実用的な品ではないため興味が湧かないだけで、普段使いの品で可愛《かわい》いものがあれば買いたい。

そんな気持ちで店内を見渡すと、雨妹の目に飛び込んできた品があった。

――あ、ヘアピン発見！

今世でヘアピンそのものを初めて見た。しかも大小さまざまな種類の造花の飾りがついているのが可愛い。

掃除の際に髪をまとめる雨妹としては、簪《かんざし》よりもヘアピンの方が髪留め効果が期待できそうに思える。なので小ぶりな造花が付いているヘアピンを一揃い選ぶと、太子の手によって大ぶりの造花が付いたものまで追加された。

さらに、太子が「雨妹はせっかく綺麗《きれい》な髪なんだから」と言って、他にもやたらと髪飾りを勧めてこようとする。

「いやいや、そんなに買うお金はないです！」

断ろうとする雨妹に、太子はまたもや笑顔の圧をかけてくる。

「だいじょうぶ、私が買うから。これでも、個人資産を結構持っているんだよ？」

個人資産ということは、国から貰う金ではなく、個人で稼いだ金ということだろうか。

――国がくれるお金だけに頼っていたら、いざという時に困るのかも。

雨妹はそんな風な想像をする。けれどちゃっかり稼いでいるとは、この太子はなかなかに侮れない。

ちなみに雨妹が持っている髪飾りというのは、今のところ立彬に貰った例の髪飾りだけなので、美娜《メイナ》あたりには「洒落っ気がなさ過ぎる！」と叱られたりするのだが、ここへきて一気に増えようとしている。

続いてついでだから新調しようと言われ、櫛《くし》に手巾《しゅきん》、下着である衵服《じつふく》を選ぶが、舶来物を扱っているだけあって意匠がどこか西洋風だった。この国にしては新しく、雨妹としてはどこか懐かしい品と言える。しかもそのどれもが手触りが良く、明らかに高級品だが、そこは目をつぶることにして。

さらには。

「布地が欲しいのかい？」

雨妹が布地を探していると気付かれ、なんと絹の布地を渡されてしまった。

――私、パンツを作るんだよ⁉

絹のパンツなんて、前世でも穿《は》いたことがないのに、なんという贅沢《ぜいたく》だろうか。

仕舞いには「いつか必要になるから」と太子に言われて服まで買ってもらってしまい、その華洋折衷という意匠な服をいつどこで着るのか不思議に思いながら、ようやく買い物は終了となった。

そんな雨妹が思っていたのとだいぶ違う買い物を終えると、荷物を抱えて店を出れば再び軒車に乗り、今夜の宿へと向かう。

そしてやがて到着したのは、民間の宿だった。

——役人用の宿じゃないんだ。

雨妹は今日もてっきり役人用の宿へ行くものと思っていたのだが。それでも太子の選んだ宿は高級感の溢《あふ》れる建物なので、民間でも富裕層向けの宿なのだろう。

ともあれ軒車を建物の前に横付けすると、店内から店の者が飛び出してきた。

「ようこそお越しくださいました」

「やあ、世話になるよ」

丁寧な態度で出迎えられ、太子はゆったりと応じた。

出迎えの者は相手が太子だと気付いてはいないだろうが、軒車に乗るのは金持ちだと決まっている。これが身なりが貧しく見えると断られたりするのだろうが、おかげで特に揉《も》めることもなく、すんなりと店内に通されたら、旅券の確認を終えるまで飲み物で持て成された。

——うむ、金持ち用の宿っぽい！

役人用の宿も庶民用に比べれば断然豪華だったのだけれど、こちらはさらにおもてなしに拘《こだわ》っている様子である。役人用の宿では、確かに設備はいいものなのだけれど、それに付随するあれやこれやのものが微妙だった。

――なんか、お役所仕事っぽいんだよね。

よりいいものを提供したいという情熱より、「これだけ揃えたのだから満足だろう」という意思を感じるのだ。

雨妹がそんな風に考えていると。

「お部屋はどうなさいますか？」

旅券の確認を終えた店の者が太子に尋ねてきた。

その店の者の視線は雨妹に注がれている。どうやら宿には使用人用の部屋もあるらしく、お供の雨妹にはそちらがあると勧められているのだろう。

しかし太子はここでも雨妹に立勇と同じ格の部屋を用意してくれた。別に使用人部屋でも文句を言うつもりもないが、いい部屋に泊まれるのは純粋に嬉《うれ》しい。

こうして部屋を決めたところで、宿についての説明を受ける。

ここはやはり役人用宿と同様に全てが宿側で揃えられており、食事も提供しているという。やはり庶民でもお金持ちだと、旅をするのも楽なものらしい。

それに一階が食事処《どころ》でもあるようで、部屋に案内されがてら通り過ぎる際に眺めた食堂はそこそこ賑わっていて、しかも美味《おい》しそうないい香りが食欲を誘う。

――この分だと、ご飯に期待できそう！

しかも沐浴《もくよく》までできて浴槽が使えるという。役人用の宿だと沐浴場はあっても、浴槽まではなかった。もしかすると太子が滞在した主《あるじ》用の区域にはあったのかもしれないが。

ともあれ、旅の最中に湯に浸《つ》かれるとは、さすが高級宿である。

そうして雨妹が案内された部屋は、広さのある室内に立派な牀《しょう》とフカフカの布団、お洒落な机のある上品な内装だった。

──役人用宿で泊まった部屋よりも立派！

もしかすると、あえて意識して造られているのかもしれない。雨妹が寝るには、今世で一番贅沢な部屋である。

雨妹としては部屋でゆっくり落ち着きたいところだが、宿の者から先に沐浴で旅の汚れを落とすように勧められる。時間的にしばらくしたら夕食のため、その前に入ってさっぱりした気分で食事をしてもらおうという心配りだろうか。

──じゃあ早速沐浴しに行こう！

こうして素直に沐浴場へ向かえば、なんとそこには世話人がいて、その人に洗髪してもらえ、なおかつ髪を丁寧に拭《ぬぐ》ってもらえるという好待遇ぶりだった。恐らくは太子からの扱いのおかげで、雨妹のことをただの使用人ではなく、いい家の娘だと思ったのだろう。

密《ひそ》かに自慢な髪の手入れにはいつも気を付けている雨妹は、この旅にもお手製洗髪剤を持参している。洗髪するのにそれを使ってもらい、自分でするよりも遥《はる》かに丁寧に洗ってもらえば、髪の毛が艶々《つやつや》になっていた。

ちなみに、洗ってくれた世話人が持参した洗髪剤のことを知りたがったので、どこかの商人が売っているとだけ答えておいた。

――宣伝しておいたからね、鈴鈴《リンリン》！

後宮で働いているであろう友人に向かって、心の中で叫ぶ雨妹であった。

洗い終わった髪をどうするのかというと、この国にはドライヤーなんてものがないので、自然乾燥に任せるのだが、世話人に手触りのいい布をふんだんに使って拭ってもらえば、当然乾くのも早いもの。

――こんなに楽をした洗髪って初めてだわ……。

おかげで夕食の部屋に向かう時には、さっぱりした姿でいた。

ところでその夕食だが、一階の食事処ではなく、宿の一室を借りて食事をするらしい。

雨妹がホカホカ状態で夕食へ行けば、そこには既に太子と立勇がいた。どうやら雨妹の沐浴が一番長かったようだ。

「お待たせしてしまいまして、申し訳ございません」

「いいんだよ。寛《くつろ》げたかい？　雨妹」

謝る雨妹に、太子が尋ねてきた。

「はい、明様のおかげで得しちゃいました」

正直に告げると、太子は楽しそうに笑う。

「君はいつも働き詰めみたいだからね、ご褒美だよ」

太子に働き者だと思われているのは光栄だが、雨妹の仕事は趣味を兼ねているようなものなので、そこが少々気が引けるところでもある。

それにしても太子も立勇も、沐浴後で髪がしっとりとしているためか、色気のようなものが滲《にじ》み出《で》ているように思える。一方で雨妹が沐浴場にあった鏡を覗《のぞ》いても、そんな雰囲気は微塵《みじん》も出ていなかった。この差は一体なんであろうか？

そんな疑問が浮かぶものの、ともかくこうして雨妹が揃《そろ》ったところで、夕食となる。

これが後宮であれば、先に太子が食事をして、雨妹と立勇はその間待機か、もしくはどちらかが毒見をするかだろう。

しかし——

「二人とも、座りなさい」

この場では、太子は雨妹と立勇に一緒に席に着くように促した。そう言われても、「はいそうですか」と座るわけにもいかないわけで。戸惑う雨妹に太子が重ねて言う。

「こんな時くらい、誰かと食事を共にしたいんだよ」

——そりゃあ、わかるんだけど……。

どうすればいいのかと立勇を見ると、なんとあちらは即座に椅子へ座っていた。逆に雨妹が「いいの⁉」と驚くと、立勇に達観した目で見られた。

「こうした場合、意見を下げられることはない。さっさと座れ」

「さようですか」

近衛《このえ》の立勇にまでこのように言われたこともあり、今度は雨妹も素直に座る。

すると早速料理が運ばれてきて、まずは前菜の皿が並ぶ。

「さあ、食べようか」

太子の合図が出ると、立勇が真っ先に料理に箸《はし》を伸ばし、それぞれの大皿から一口分ずつ取る。

普通なら立場が上の者が先に食べるのを待つのだろうが。

――やっぱり毒見するんだ。

こんな宿の食堂で毒の心配があるとは思えないが、必要あるなしに拘わらず、形式を踏むことが大事なのかもしれない。

だが本来毒見役をするべきは、一番下っ端な自分のはず。そう気付いた雨妹は皿と箸を手にすると、立勇と同じように各大皿から一口分ずつ取る。その様子を立勇が眉《まゆ》を上げて見ている間に、サッと口に運ぶ。

――美味しい！

春雨の和《あ》え物はさっぱりとした口当たりだし、叉焼《チャーシュー》も食欲をそそる味付けだ。

「明様、美味しいです！」

「そうかい？　ならよかった」

雨妹が思わず報告すると、太子も料理を取り分けようとしていた手を止め、微笑《ほほえ》ましそうに笑う。

前菜で空腹を刺激したところで、料理が次々に運ばれてきた。

そのどれもが美味しそうな香りを放っている。

そしてなによりも驚いたのが。

——魚料理があるよ！

それもようやくお目にかかった、念願の干物ではない魚だ。

魚を丸ごと蒸し焼きにしていて、それに生姜《しょうが》などの香味野菜を盛りつけたところに、熱い油を回しかけている。これは鮮魚ならではの料理だろう。

毒見という名目で真っ先に箸を伸ばして摘《つ》まめば、フワリと柔らかい魚の身が解《ほぐ》れる。そのまま口に運ぶと、あっさりとした魚の味が口の中に広がる。

——これだよ、これが魚なんだよ！

雨妹はちょっぴり泣きたくなった。

「こんなに魚が美味しいんですから、ここから本当に海が近いのですね」

魚の美味しさに感動している雨妹は、だからこそ、この近さで宿場町を作ったのかと理解する。港へ向かう客を取り込みたいなら、新鮮な魚料理が出せなければ魅力が半減である。

「佳はわが国で最も大きな港を有しているからね。そしてそこを治める黄家の男たちは船を操るのに長《た》けた一族だ。となれば当然、そこで暮らす漁師だって腕がいい者が揃っているという話だよ」

「へぇー、黄家の人って船乗りなんですか」

海を領地に持っていると、海からの襲撃にも備える必要が出てくるわけで。となると、船に強くなるのは自然な流れなのだろう。

「じゃあ、噂の若君も船に乗るんですか？」

「そのはずだよ」

雨妹の疑問に、太子が頷《うなず》く。

その若君に嫁いだ公主のことを思うと、雨妹的には新鮮な魚介が食べ放題だなんて、いい所にお嫁に行ったものである。

それに雨妹は今世で未《いま》だ海を目にしていない。この世界の海も、果たして青いのだろうか？　そんな風に海に思いを馳《は》せる雨妹の様子を、太子はどう見たのか。

「せっかくだし、帰りに港の方まで足を延ばしてもいいね。きっと君には珍しい物ばかりだろうし」

太子がこんな提案をしてくれる。どうやら海を知らない雨妹を慮《おもんばか》ってくれたようだが、これは大変嬉しい提案と言える。

――新鮮なお魚が食べ放題なの⁉

期待で雨妹の心は早くも海へと飛ぼうとしていた。

しかし美味しい海鮮との出会いの前に、まずは目の前の夕食だ。

新たな料理が運ばれてきて、雨妹は先程同様にすべての皿から一口ずつ取り分けて食べるが、そのどれもが美味しい。

卵の湯菜《タンツアイ》、つまり卵スープはシンプルながらに濃厚だし、餃子《ぎょうざ》もジューシーだし、なにより魚料理に感激である。

しかし感激しているのは雨妹だけではないようで。

「出来立ての料理が味わえる幸せというのは、格別だね」

卓の向こうで、太子がそうしみじみと言った。

妃嬪たちですら出来立て料理と縁遠いのだ。生まれた頃から後宮で育った太子は、温かい食事を口にする機会そのものが稀《まれ》であるに違いない。

——やっぱり偉いっていうのも大変だなぁ。

そうしみじみと感じる雨妹だったが、太子は続けて話す。

「それに外で食べる料理は宮で出されるものより、特別美味しく感じる。不思議だよね、あちらの方が絶対に高級な食材が使われているはずなのに」

太子は可笑《おか》しそうに言うけれど、それは別に不思議でも何でもないことだ。

「当然ですよ、食事は五感で味わうものですから」

雨妹が当たり前の顔で告げると、太子も立勇も目を丸くした。

「……五感というと？」

太子から不思議そうな顔で尋ねられ、雨妹は首を傾《かし》げる。

——あれ、こういう考え方って、ここだと普通はしないの？

変なことを言ってしまったようだが、出てしまった言葉は取り消せない。仕方ないので、雨妹は前世での知識を語った。

「視覚・聴覚・触覚・味覚・嗅覚《きゅうかく》の五つで五感です。明様が普段食べられるものは、毒見済みの食事でしょう？　そうなるとどうしても時間が経《た》ってしまい、料理の最良の状態からは落ちてしまうんです」

そうなると特に油のパチパチと跳ねる音や、出来立ての熱々の食感は味わえないし、香りもしなくなっているだろう。その分感じる味の質が下がってしまうのは仕方ないのだ。

そしてだからこそ、五感で味わえる外の料理の方が美味しく感じられるのだろう。

「なるほど、外での食事が美味しいのは、ちゃんと理由があったんだね」

太子はそう感心した後で小さく笑うと、「だからなのか」と呟《つぶや》いた。

「父上もね、よくお気に入りだった娘とお忍びで出かけて、屋台料理を食べたそうだよ。庶民出の娘だったから街を歩くのに慣れていて、宮に籠《こも》っていては知らない世界を見せてもらったとか」

思いがけない皇帝の昔話に、雨妹はドキリと胸を鳴らす。

――それって、母さんのことかな。

だとすると皇帝と二人お忍びで屋台デートとは、母もなかなかやるではないか。

雨妹の中の母は、どうしても悲劇のヒロインになってしまっていて、前世で見ていた華流ドラマと相まって、はかない後ろ姿というイメージ映像が定着しているのだ。それが後宮生活が辛《つら》いばかりではなく、楽しかったこともあったと知ると、娘としても安心する。

それに今太子と立勇と三人、楽しく会話をしながら食事を囲んでいる。

――これってなんか、家族団欒《だんらん》っぽいかも。

尼寺育ちの雨妹は、食事は黙々と食べるように躾《しつけ》られた。けれどそれは前世での賑《にぎ》やかな食事の記憶がある分、余計に寂しい気持ちになるものだったのだ。

だから都に出てきて経験した宮女たちとの賑やかな食事だって新鮮な気分だったし、こうして和やかに会話して食べるのだって楽しい。

——楽しい食事は、やはり一段と美味しいね。

そう再確認してにへらっと笑う雨妹に、太子と立勇が顔を見合わせていたなんて、気付くことはなかった。


こうして美味しい料理をお腹《なか》一杯に食べて部屋へ戻ると、布団に誘惑されそうになるが、まだやることがあるのでぐっと堪《こら》える。

そう、パンツを縫うのだ。

本日買ってもらった絹の布を広げると、宿から借りた裁縫道具で布を切り、糸でチクチクと縫う。慣れた作業故に早いもので、途中で人の出入りがあったりして手元を隠すのにワタワタしたものの、やがて紐《ひも》パンが二枚完成する。

——これでよし！

早速着替えてみると、絹だけあって穿《は》き心地は抜群だ。脱いだものは店の人に聞いた洗濯場に行って洗って、室内へ干す。宿に頼んで洗濯してもらうこともできたが、雨妹としてはやはり下着を他人に洗われるのには抵抗があった。

そしてこれでようやく眠れると、フカフカの布団へ飛び込めば、即行で夢の中へと旅立つのだった。

宿で寛ぎの一時を過ごし、一夜が明けた翌朝。

天候は晴天、旅日和である。

宿を出た雨妹たちは再び軒車に乗り込み、佳を目指す。

ずいぶんと太子と二人きりの車内に慣れた雨妹が他愛《たわい》ないお喋《しゃべ》りをしつつ、軒車が小高い丘に差し掛かった時。

「雨妹、外を見てごらん」

ふいに太子がそう言った。

――外？　なんだろう？

雨妹は疑問に思いつつも、素直に小窓から顔を出すと。

「わぁ……！」

思わずそう歓声を上げる。

外を見た視界に飛び込んできたのは、丘から見下ろす先にある、日の光を反射して光る景色だった。

「海だ！」

そう、光の正体は海だった。異世界の海もやはり青かったし、吹き抜ける風に潮風が混ざっているのを感じる。

――潮風って、世界が違っても同じ香りなんだなぁ。

妙に感心してしまい、雨妹がそれからずっと小窓から顔を出していると。

「こら、落ちたら危ないだろうが！」

近寄って来た立勇に叱られてしまった。

そんな風にして軒車は海へ向かって走り、やがて佳に到着した。

# 第五章　海の見える街

佳《カイ》の街中は都である梗《キョウ》に劣らず賑やかであった。

それになにやら雰囲気が違う。

——街並みに西洋風が混じっているんだ。

この前の宿場町で寄った店も西洋風だったが、こちらは街並み全体が中華と西洋が混じったような雰囲気で、前世で言えば香港《ホンコン》の街並みが近いだろう。

そして、見かける地元の人たちの服装も、独特である。

都では、肌を覆い隠す意匠の服が主流なのだが、こちらは袖《そで》が短かったりなかったりして露出が多く、裾《すそ》も短めだ。

——やっぱり暑いからかな？

都住まいであれば、こういう格好に眉をひそめるのだろうが、港のある佳だと日に焼けた肌と相まって、似合っているように思える。

雨妹《ユイメイ》がどこか懐かしいような、珍しいような気持ちで通りの様子をじいっと眺めていると、太子が小さく笑って語る。

「街並みが少々珍しいだろう？　佳は港がある分、海の向こうの文化が混ざっている。だから建物もちょっと独特なんだ」

「そうなんですねぇ」

太子の話に相槌《あいづち》を打ちつつ、雨妹はとあることに思いを巡らせる。

ということは、海の向こうには西洋風の文化を持つ国があるということで。そちらにはひょっとして既製品のパンツが流通しているだろうか。そのパンツ文化がこの街にも入ってきていたら、パンツが見つかるかもしれない。

――ここだったら、パンツ仲間がいるのかも？

たった一人のパンツ派だった雨妹は、ぜひ街へ滞在中に仲間を探してみたいものだ。

そんなことを考えている雨妹を乗せた軒車《けんしゃ》は、やがて街の中心部にある大きなお屋敷へと入っていく。

こちらもまた、西洋風な様式が混じっている大きなお屋敷である。

他の土地の諸侯の住まいを、辺境から出てきた時に遠目に見たことがあるが、どれも城塞《じょうさい》のような造りであった。それに比べてまるっきり洋館のようなこの屋敷は、この佳の街並みには溶け込んでいるが、諸侯一族の住まいとしては異色だろう。

そして軒車の中で太子から聞かされた情報だと、ここに住む公主の夫である男は黄利民《ホアン・リミン》というらしい。

徐州《ジョシュウ》に入ってからすぐに先ぶれに人をやっているので、屋敷には太子の来訪が伝えられているはずだ。お忍びでやって来るので、「利民が仕事で留守にしていても気にしない」という内容の文も一緒に持って行かせたらしい。

「だから利民はもしかしたら仕事で留守にしているかもしれないけれど、留守を守る玉《ユウ》はいるだろう」

そう事前に太子に言われていたが、どうやらその利民も在宅のようだった。

というのも、屋敷前で大勢が地に額突《ぬかず》いて軒車を迎えているのだが、その先頭に男女二人がおり、他よりも立派な身なりをしていた。おそらくは男の方が利民だろうか。

そして太子が軒車から降りると、その利民と思《おぼ》しき男が身を起こして進み出た。

「太子殿下、ようこそお越しくださいました」

「久しぶりだね利民」

そう言って首《こうべ》を垂れる男に、太子も微笑《ほほえ》みかける。やはり彼が利民らしい。

「太子殿下、どうか我々の出迎えが遅れたことをお許しください」

利民はそう言って再び額突く。

太子を迎えるとなると本来ならば、黄一族の治める徐州の領内に入ったところで出迎えるのだろう。利民はそれを行わなかったことを謝罪しているのだ。

「利民、皆もどうか立ってくれ。先ぶれの文にも書いたが、こちらが知らせなかったのだから謝罪など不要だ」

太子がそう告げて利民や他の面々を立たせたところで、後ろから女が一人進み出た。

「太子殿下、玉です。お久しゅうございます」

そう話す彼女が、降嫁した公主で雨妹の姉の潘玉《パン・ユウ》だという。一体どんな人なのだろうと、道中に想像していたのだが。

――なんか、ずいぶん痩《や》せているなぁ。

というか、痩せ過ぎている。顎《あご》がずいぶん骨ばっており、衣服に隠れているが、身体《からだ》つきも見るからにガリガリだ。

「玉、その姿は……」

太子が彼女を見て絶句している。この様子だと、かつてとはまるで違う姿なのだろう。だとしても、昔とどのくらい違うのかが雨妹にはわからない。

太子の背後に控える雨妹が隣の立勇《リーヨン》に小声でひそっと尋ねる。

「潘公主って、以前はどんな風だったんですか？」

すると立勇は視線で「じっとしていろ！」と言いたげに叱りつけてきたものの、表情を変えないようにしながら答えてくれた。

「……以前はどちらかと言えば、なんというか、ふっくらとしたお方であった」

その、言葉を探りながらの表現に、雨妹には悟るものがある。

――ああ、昔の潘公主ってぽっちゃり系だったのか。

それなら今は痩せ過ぎだろうし、驚くのも無理はない。

「玉、痩せたとは聞いていたが、一体どうしたというんだい？」

驚きのあまりであろう、場所を移動しないままに思わずこの場で尋ねてしまった太子に、潘公主はそっと目を逸《そ》らす。

「風邪をひいて以来、どうにも食が進まないのです」

そしてそう告げて顔を伏せてしまった。

彼女は本来ならば今の姿を人前に晒《さら》したくなかっただろう。それでも太子が自身の見舞いに来るとあっては、臥《ふ》せっているのでなければ、出迎えないわけにはいかない。でないといらぬ疑いをかけられてしまうため、どれほど重病であってもこの場に来ようとするものだ。

——でもこれだったら、「体調が悪い」って言って、部屋に籠《こも》っていられたんじゃないの？

そして部屋で少人数で太子と面会した方が、潘公主にとっては良かったのではないだろうか？

その潘公主は、痩せ細った身体を兄に見られた羞恥《しゅうち》故だろう、一人身体を震わせており、利民が腕を伸ばしてそっと肩を撫《な》でた。

「太子殿下、このような場所で長話もなんですから、ぜひ我が屋敷へお入りください」

利民にそう促されて、太子はハッと我に返ったようだ。

「……そうだね、済まなかった。そうさせてもらうよ」

というわけで、雨妹は太子と立勇と共に利民の屋敷へと入っていった。


通された部屋は、庭園に面した一室であった。

——うわぁ、遠くに海が見える！

この景観の良さ故に、この部屋に通されたのだろう。今がもし雨妹一人であれば、即座に庭園の方へ駆け寄るところだ。けれど今は太子のお供なのだからと、そこをぐっと堪《こら》えて立勇と一緒に太子の後ろに立つ。

やがて部屋にお茶が運ばれてきて、席に着いた太子と利民夫妻の前に置かれたところで、太子が動いた。

「ではまずは、こちらの品を受け取ってほしい」

太子がそう言うと、ぞろぞろと様々な品を持った人たちが入ってくる。彼らが持っているのは、潘公主への見舞いの品だ。

その品々はとても雨妹たちと一緒にやって来た荷車に載る量ではないのだが、実はこれらは雨妹たちと別動隊で持ってきたものである。太子からの見舞いとあって、当然品は豪華なものばかり。なので厳重な警備で運ばれていた。下手をすると太子本人よりも警備が多いかもしれない。

その豪華な品々に紛れて、素朴な籠《かご》に盛ってある黄色い檸檬《レモン》が浮いている気がするし、運んできた利民の屋敷の家人も、檸檬を見て不思議そうな顔をしている。けれどそれは気にしてはいけない。あれだって、他の品々と同等の価値があるのだ。

これらの品々について書き記してある書面を渡し、急遽《きゅうきょ》追加された檸檬については、太子自らが口頭にて説明すると。

「檸檬……もしや、南方でよく食されるものではないですか？」

そう言ってきた利民はなんと、檸檬について知っていた。

正確には、檸檬という名前は知らなかったが、酸味の強い果実であるという情報は得ていたようだ。なんでも南からやって来る船の船乗りが、常備食として檸檬の塩漬けを持っていたそうで、それを少し分けてもらって食べたことがあるという。

「長く船の上にいると罹《かか》る病に効くそうなのですが、ものが果実であるので取り寄せている間に腐ってしまう」

前世のような冷蔵技術のない船では、生鮮品を運ぶ間に傷んでしまうわけで。これがなんとかならないものかと考えていた利民であったが、まさかそれがすぐ近くで獲《と》れていたとはと、目を丸くしていた。

「まあ、生産者本人は、行商人に騙《だま》されて種を買ったわけだけれどね」

「それも、私どもにとってはこの上ない幸運です！　すぐにそこへ人をやって、取引の話をするように手配しなくては。これで、あともう少し遠くへ船を出せるというものです！」

利民のウキウキした様子からすると、この檸檬を土産に選んで大成功だったようだ。

「このような殿下の心配り、大変嬉《うれ》しく思います」

そう告げた利民と一緒に、潘公主が無言で首を垂れる。

「それにしても玉は風邪だと聞いていたのだけれど、もっと重い病だったのかい？」

心配する太子に、潘公主が弱々しく微笑む。

「いいえ、ただの風邪でございます。ただそれ以来食欲がなくて、ずるずると引きずるうちにこのようになって……」

「私も玉殿にもっと精をつける方が良いと申しているのですが、食欲がなくてはどうにもならず。

様々な医者を呼んだのですが、一向に改善しないままでして」

利民もこの状態を放置していたわけではないと説明するものの、困り果てている様子である。

——風邪をひいたら食事をとらなくなったってことは……。

雨妹には思い当たる病気が一つだけ思い浮かぶけれど、それにしても疑問なことがあるのだが。

雨妹が顎に片手を当てて「ふぅむ」と思考を巡らせていると、不意に太子が後ろを振り向いた。

「雨妹、君はどう思う？」

利民や潘公主を前にズバリと尋ねる太子に、雨妹は目を丸くした。雨妹の今までの行動を見てきた太子から、なんらかの意見を求められるのは理解できるのだが。

——え、今ここで聞いちゃうんですか？

利民も潘公主も、供の娘に発言を促す太子に目を見張る。それはそうだ、こういう場での雨妹のような下っ端宮女は、空気のようなものなのだから。

けれど、太子は押しが強い。

「気になることがあるなら、言ってごらん？」

再度そう促されるが、本当に意見を述べていいものか。戸惑う雨妹が救いを求めて隣を見れば、立勇も「いいから話せ」と言わんばかりに頷《うなず》く。こうなったら太子は引かないと知っているのだろう。

——ええい、どうなっても知らないからね！

雨妹は控えていた後方から、少し前へ出る。

「では、潘公主にお尋ねしたく思います」

「……なにかしら？」

雨妹が本当に発言を始めたので、潘公主は驚きながらも応じる姿勢を見せた。太子が促した会話を、拒否するのは失礼だからだろう。

太子の威光があるうちにと、雨妹は質問をする。

「潘公主はお食事が、美味《おい》しく感じられますか？」

これに利民がムッとした顔をする。

「もしやこの屋敷で出される料理が、玉殿の口に合っていないと言うつもりか⁉」

利民に反論されるが、雨妹はそういうことを言いたいのではない。

「そうではありません。私が問題にしているのは料理の質ではなく、潘公主の味覚——味を感じる能力なのです」

「……その方、なにを言っている？」

意味がわからないという様子の利民に対して、太子の方は気付いたようだ。

「雨妹、味がわからなくなる病気というのがあるのかい？」

太子がそう尋ねてくるのに、雨妹は頷きを返す。

「ございます。風邪をひいた後の後遺症として、味覚障害や風味障害が出ることがあるのです」

「味覚障害に、風味障害……？」

まだ疑問顔の利民に、雨妹は語る。

「はい、簡単に言えば味や香りを感じられなくなる病気です。風邪をひいて口の中の味を感じる機能に支障が出たり、鼻の炎症で匂いの機能が低下することが原因の一つとされています」

雨妹のよどみない説明に、しかしそれでも利民は眉《まゆ》をひそめて反論した。

「恐れながら殿下、そのような話を私は聞いたことがございません。その娘がでたらめを言っているのではないですか？　第一、味がどうのというのをどうやって確認する？」

前半を太子に、後半を雨妹に言った利民は、もしかして詐欺の手合いを心配しているのかもしれない。この国でも重い病であることを告げて怪しげな壺《つぼ》を買わせるという商売が、あちらこちらで成り立っているらしいのだから。

太子が連れている人物を怪しむのは、大変な失礼に当たることだ。けれどそれでも潘公主を妙な風聞から守りたいという気概が、利民から見て取れた。

そしてそれを太子も感じたのだろう、利民に対して無礼を責めない。

「利民はこう言っているけど雨妹、確認する方法はあるのかい？」

質問という形式ながら、太子の目は確認方法なくして雨妹が発言しないということを、確信しているようだった。

「もちろんございます。つきましては、こちらのお屋敷でご用意いただきたいものがあるのですが」

そう告げた雨妹が言った内容のものを、利民が半信半疑ながらも屋敷の者にすぐに用意するように命じる。

かくして今、雨妹の前の卓の上にはいくつもの小皿が並べられた。

「では始めます」

早速検査を開始する雨妹が用意してもらったものとは、四つの味の溶液である。

並べられた小皿には、甘い・塩辛い・酸っぱい・苦いの四つの味を、濃度の薄いものから濃いものまで揃《そろ》えてもらった。これらの溶液を潘公主の舌の所定位置に置いて、四つの味のどれに該当するかを答えてもらうのだ。

「潘公主、何も感じない時には『味がしない』と、何か感じるが区別できない時には『わからないけどなにか味がする』とお答えください」

そう説明した雨妹は、四つの味の溶液を一種類ごとに匙《さじ》でちょっとずつ取ると、潘公主の舌の上に載せていく。

「どうですか？」

「……なにも」

薄い味から始めたのだが、雨妹が尋ねても潘公主の反応は芳しくなく。次第に濃い味になってきたのに、まだ首を横に振るばかりだ。

「あ、これはどの味かしら？」

そしてようやくそんな反応が出たのは、どの味もかなり濃いものだった。

もはや、これで決定的だろう。

「やはり潘公主は味覚障害です、それもかなり重篤の」

雨妹はそう結果を告げると、潘公主が少し味を感じた塩の溶液を、他の三人にも匙を勧めて舐《な》めてもらう。

　すると全員が口に含んだ途端にしかめっ面をした。

「これで、少しなのかい？　塩辛くてたまったものではない」

　太子がそう感想を言うと、他二人も同意する。

「え？　そんなはずは……」

　皆の反応を見て戸惑いを見せる潘公主に、雨妹はさらに告げる。

「風味障害も少しありますね。濃くなると味がしなくても匂いでわかるのですが」

「確かに、酸っぱい液体は匂いだけでもわかるな」

　雨妹の話に利民も頷く。

　そう、潘公主がようやく反応を示した溶液らは、少量であっても強烈な匂いを発していた。塩なんて普段あまり匂いを感じない調味料なのに、塩辛い香りがするくらいだ。

「これでは、潘公主が食欲をなくすのも当然でしょう。味も匂いもしないのでは、どんなに美味しい料理であっても、砂や石を食べているようなものですから。味というのは舌だけで感じていると思われるかもしれませんが、実は匂いや見た目、音、舌触りといった他の感覚も大事なのです」

　昨日太子にも話した内容の説明に、利民も納得の表情をする。

「それはわかる。出来立ての料理の音は食欲をそそるものだし、美味しい匂いを嗅《か》ぐだけで唾液《だえき》が出る」

「そういうことです」

しみじみと言う利民に、雨妹も頷く。

そしてそれが損なわれた潘公主にとって、砂や石を食《は》むような食事という時間は、さぞ苦行だったことだろう。けれど生きるためには、食事はせねばならないわけで。

「潘公主は、味を感じない食事をできる限り楽に終えたいと、粥《かゆ》などの食事が早く済むものばかりを召し上がっていたのではないですか？」

「それは……」

顔を伏せて黙る潘公主に代わって、利民が「その通りだ」と教えてくれた。どうやら雨妹を信頼できると思ってくれたようだ。

味がしない料理を食べるのに意欲が湧かないという、潘公主の気持ちはわかる。けれど食事というのは、ただ食物を飲み込めばいいものではない。しっかり噛《か》むことも大事であり、それが噛まずにただ飲み込むばかりとなっては顎《あご》が弱るし、胃腸によくないのだ。

――でもなぁ……。

潘公主の症状がわかったものの思うところのある雨妹に、利民が肝心な質問をしてきた。

「玉殿は治るのか⁉」

真剣な表情の利民に、雨妹は「もちろんです」と答える。けれどここまで重症化したことに、そもそも疑問があるのだ。

「風邪の後遺症としての味覚障害は、それほど長引かないものなのです。ですが潘公主がお風邪を召されたのは、冬の終わりなのですよね？」

そう、潘公主が症状を引きずるのが、少々長すぎる気がするのだ。これが雨妹が引っかかっている点だった。通常よりも重症化したということは、通常とは違う点が潘公主にあったと考えるのが自然だろう。

「そこでまたお尋ねしたいのですが。潘公主は風邪になる以前、食事はなんでもきちんと召し上がっておられましたか？」

「……」

雨妹の質問にまたしても沈黙する潘公主に代わって、利民が口を開く。

「実は冬の前から玉殿は小食で、肉や魚をあまり好まずに野菜ばかりを食べていたのだ」

すると予想した通りの答えが返ってきたことに、雨妹は眉をひそめる。

「後遺症を悪化させているのはそれですね。元々味を感じる機能が衰えていたのでしょう。味覚の発達に必要な栄養は亜鉛で、特に多く含む食品は肉や魚介ですから」

「そんな……」

雨妹の指摘に、潘公主が驚愕《きようがく》の表情を浮かべる。食べないのは良くないとわかっていても、食事がそこまで必要なものとは思い至らなかったのだろう。

「でも、肉や魚は食べたくなくて」

言い訳めいた潘公主の言い分を聞いた雨妹は、しかしまた別のことを尋ねた。

「それと潘公主、普段水分をきちんと取っていらっしゃいますか？」

「……あまり、飲みたくないわ」

これまた拒否する発言に、雨妹はしかめっ面をしそうになるのをぐっと堪える。

「潘公主、それはいけません。現在食事からの水分が減っているのであれば、余計に飲まなければ。味覚障害は、唾液が少なくなって口の中が渇くことも原因となるのです」

「なんてことだ、私がもっと玉殿に強く飲食を勧めていれば、こんなことには」

潘公主がこうなった原因を知った利民が、がっくりと項垂《うなだ》れている。そしてその様子を、潘公主が唇を噛みしめて見つめていた。

――うーん、それにしてもさぁ……。

食事も食べたくないし水も飲みたくないと、こういう主張をする人の状態を、雨妹は前世でよく見ている。

「太子殿下、黄様。潘公主と少々二人で話をさせてもらってよろしいでしょうか？」

雨妹は、太子と利民にそう申し出た。

「玉と二人でかい？」

要するに内緒話をしたいと言った雨妹に、太子がちらりと利民を見る。

「部屋からは出ませんし、長く時間もかけません。そちらの隅でいいのです」

見えない場所には行かないと話す雨妹に、最初は渋い顔をしていた利民だったが、最後には頷いた。

「……わかりました、玉殿をお願いします」

こうして話がついたところで、控えていた娘が部屋の隅へ椅子と卓を設置した。雨妹は隅でちょっと立ち話をする程度のつもりだったのだが。

――もしかして、痩《や》せ過ぎて立ち話する体力もないとか？

雨妹はそんな疑惑を抱きつつ、潘公主をそちらへ導いたところで、ひっそりとした声で尋ねた。

「潘公主、もしや体型を気にして減量をなさっておいででしたか？」

これに、潘公主が固まって息を呑《の》む。

そう、今しがたの潘公主の言い分は、前世で強迫的にダイエットをしようとする人たちとまるっきり同じだったのだ。

しばしなにも言えずにいた潘公主が、やがてため息を吐《つ》く。

「……あなた、なかなか鋭い娘ね」

減量をしていたことを認めた潘公主だが、やり方がマズ過ぎる。

「潘公主、痩せたからと食事を再開すると、以前よりも体重が増えやすくなったのではないですか？」

雨妹の指摘に、潘公主はくわっと目を見開く。

「……!?　そうなのよ！　だからわたくし、もっと減らさなければと思ったのです！」

そう言って前のめりになる潘公主は、今までの会話で一番の食いつき具合だ。

――ああ、やっぱりねぇ。

潘公主は、ダイエットの悪循環にすっかり嵌《はま》り切っている。

「潘公主、食べずに痩せる減量法は間違いです。食事をとらなければ身体は飢餓状態にあると認識し、生きるために余計に脂肪を溜《た》め込みます」

そうやって泥沼に嵌っていく人は、前世でも結構な割合いたものだ。そして雨妹のいた病院では、ダイエットに失敗して身体を壊した人向けの診療を行っていた。

「減量には健康的に行う正しい方法があるのです。その方法をお教えしますから、まずは身体を治すためにきちんとお食事をとりましょう」

雨妹の勧めに、しかし潘公主は難色を示す。

「でも食事をしては、太るのではなくって？」

恐る恐るそんなことを言う潘公主だが、まずはこの根本的な間違いを正さなければならないだろう。

「食べるから太るのではありません。食事と運動の均衡が、食事の方に大きく偏っているから、太るのです」

「食事と、運動ですか……」

これが身体を動かす兵士などだったら、実感として知っている知識なのかもしれない。実際、兵士になれば皆痩せると、立勇も言っていたことだし。

だが潘公主は運動とは無縁の生活をしてきたお嬢様育ちなため、ピンと来ないようだ。

「こうしたことはその日その日の短期ではなく、長期的視点で見るのが大事です。身体を普通の状態に戻せば、太りやすい状態は改善されます。むしろちゃんと食事をして身体を作ることが、痩せるために必要なのです」

「食べることが、痩せるのに必要……。そんなの、誰も言わなかったわ」

潘公主は衝撃を受けている様子である。どうやらこの国には、正しい減量方法が確立されていないようだ。この分だと、怪しげな呪いのようなものの押し売りがありそうだった。

「潘公主、くれぐれも痩せる壺や薬などに惑わされませんように。痩せるのに必要なのは他力本願ではなく、本人の行動のみです」

雨妹の忠告に、潘公主がスッと視線を逸らす。どうやら既に壺《つぼ》か薬を買ってしまった後のようだ。

――まあ日本でだって、楽して痩せるっていう商品はよく売れてたみたいだしね。

しかし楽に痩せるやり方は、往々にしてリバウンドしやすいものなのだ。

「いくら痩せても、健康でなければ意味がありません。健康的に痩せてこそ、減量は成功と言えるのですよ」

痩せた末の今の状況なため、潘公主もさすがに思うところがあったようだ。

「……あなたは、その健康的に痩せる方法を知っていると言うのね？」

真剣な眼差《まなざ》しで尋ねる潘公主に、雨妹は大きく頷《うなず》いてみせる。

「わかったわ。わたくしに正しい減量方法を、教えてくださらないかしら？」

そう決意する潘公主に、雨妹は拱手《きょうしゅ》で応じた。

「承知しました、精一杯のことをやらせていただきます」

こうして潘公主との話がついたところで、太子たちの待つ場所へと戻る。

「二人とも、実のある話ができたようだね」

太子が潘公主の表情を見てそう言った。

確かに、潘公主の雰囲気が少し柔らかくなった気がする。自分の抱えている問題を、誰かに吐き出せたからだろう。もしかしたら誰か第三者に、減量のことを相談したかったのかもしれない。

けれど先程は前世看護師として見過ごせず、安請け合いしてしまったが。自分はそもそも太子のお供、おまけなのだ。それがどうやって、この屋敷への滞在許可を貰《もら》えばいいのか。

そしてそれ以前に太子に話を通さねばならない。

しかし、その際に潘公主の減量の失敗が露呈するのは、彼女の名誉のためにも避けたい。

——どうやって話をしようかな？

話の持っていき方について思案していた雨妹だったが。

「あの殿下、お願いです。ぜひこの娘を屋敷にしばし滞在させたいのです」

なんと潘公主からズバリと太子に申し出た。

「雨妹をかい？　彼女は私の大事な付き人なのだが」

当然ながら驚く太子に、潘公主が食い下がる。

「あの、決して彼女を召し上げようということではないのですわ。ほんのしばらくでいいですから、どうかわたくしの傍《そば》に置かせてほしいのです！」

必死の形相の潘公主に、太子は「何故《なぜ》？」という疑問を口にできないようだ。ただ、潘公主としての一大事であるということは察せられたらしい。太子がその後ろに控える雨妹に、視線を向けてくる。

「雨妹は、それでいいのかい？」

これに、雨妹は大きく頷く。

「はい、太子殿下。よろしければ私はしばらくここに留《とど》まりたく思います」

この答えに、太子が「やれやれ」と零《こぼ》す。

「他ならぬ玉のためだ、しばらく雨妹を貸そうじゃないか」

「……！　殿下、ありがとうございます！」

太子から許可が出たことに、潘公主が跪《ひざまず》いて首《こうべ》を垂れる。それに合わせて、雨妹も慌てて跪くと。

「では雨妹、立勇と共にここへ残り、玉の憂いを晴らしてくれ」

——え、立勇様も一緒なの？

思わず顔を上げる雨妹に、太子が意味ありげな微笑みを浮かべていた。

＊＊＊

明賢《メイシエン》が利民の屋敷へ到着した日の、翌日。

屋敷の広間では歓迎の宴《うたげ》が催された。

しかし玉は疲れたということで、無理をさせないためにも欠席である。そしてそれ故に別献立となる玉の夕食指導を、雨妹が台所に細かく伝えていたりする。

「あの雨妹という娘、実に博識ですね。佳の港の漁師たち以外で、あんなに海の食材を知っているなんて」

そう話す利民曰《いわ》く、屋敷の料理長が雨妹と一緒に、玉のためになる料理について話し合ったらしく。

「奥方様に料理の味がわからなかったなんて。もっと早く仰《おつしや》ってくだされば、料理を工夫しましたのに」

料理長がそう嘆きつつも雨妹の的確な助言に驚いていたと、明賢はその場に立ち会った利民から聞かされた。

感心しきりの利民であったが、生まれも育ちも辺境であるはずの雨妹が、海の食材に詳しいとは不思議議である。

――それにここまでの道中も、雨妹は海に感激した風であっても、驚いた様子はなかったな。

海を見たことがない者は、どこまでも続く水溜《みずた》まりに驚くものなのだが。実際、昔の明賢がそうだったように。

この疑問を、試しに雨妹にぶつけてみたのだが。

「……昔、旅の者に聞いたのです」

雨妹はそう言い張った。目が泳いで怪しいことこの上なかったが、ここで追及するのはやめておく。海の食材について知っているからといって、なにか悪事に繋《つな》がっているわけではないのだから。

案外食い意地の張っている雨妹のことだから、いつか海に行って食べたいものを調べていた可能性もある。

その雨妹はというと、自分はここで座っているので美味しいものを食べておいでと勧めたところ、料理が並ぶ卓へと弾丸のように跳んで行った。どうやら海鮮料理を楽しみにしていたらしい。

そんな雨妹の様子を微笑ましく観察していると、背後から声がした。

「殿下、自分がここへ残ってよろしいのですか？」

振り返ると、護衛として控えている立勇が眉《まゆ》をひそめていた。

もちろん、一緒に宮へ戻ってくれたら心強いとは思う。けれど今回は、雨妹についてやってほしいのだ。

「本当は私も残れたらいいのだけれど、宮を長く離れるのは危険だからね」

明賢はそう言って肩を竦《すく》めてみせると、声量を落として続ける。

「海の支配者たる黄家の勢力は、父上も一目置かれている。当然、皇太后であっても無視できない。だからこそ、雨妹の味方になってくれれば、心強いだろう？」

今は楊《ヤン》が上手《うま》い具合に雨妹の存在を隠しているが、その内必ず表舞台で注目されるはず。その時、雨妹が孤立しないようにしておきたいのだ。

なにせ、雨妹本人は一応目立たないように行動しているようだが、困っている者を見つけると、途端にそのあたりの理性が吹き飛ぶ傾向がある。

それにあの医術に対する知識の豊富さ。陳《チエン》医師ですらうっすら聞いたことのある程度の異国の医術について、雨妹は詳しく語るのだという。

『ありゃあ一体、どんなお人に育てられたんでしょうかね？』

この国にあんなに医術に詳しい者が、都の外にいるものだろうかと、陳医師も首を傾《かし》げていた。当然、雨妹を育てたであろう尼たちが、それほどに医術に詳しいとは考えられない。もしそれほどの知識を持つならば、辺境の尼などにならずとも、それなりに大きな場所で身を立てられるからだ。

——案外、雨妹の旅人に聞いたという話は正しいのかもな。

異国で国の支配者の不興を買って追放された医者が、辺境に流れてきて戯れに雨妹に知識を授けた。物語のような話だが、あり得なくもないことだ。

そんな不可思議で謎の部分の多い雨妹だけれど、明賢にとっては思いがけず再会した生き別れの妹なのだ。このまま何事もなく、健やかに過ごしてほしい。

「頼むよ、立勇。あの娘を守っておくれ」

明賢の心からの願いに、立勇が「仕方ない」といった顔になる。

「……承知しました、全力を尽くさせていただきます」

そしてそう言って頭を下げた。

＊＊＊

利民の屋敷に二日滞在した太子は、三日目の昼前に、佳で待機していた立勇以外の近衛《このえ》たちと合流した。

その人数が、明らかに来た時よりも増えている。

――おお、こんなに近衛っていたんだね。

それも結構な人数で、ここまでの道中で彼らが潜んでいたことにも、雨妹は驚く。

だがそれでも、太子の護衛としては少ない方だろう。軍隊連れでの移動でも大げさではなく、むしろ往路での人数がおかしいのである。

他にも黄家からも大勢兵士が出ており、万が一にも徐州の領内で事件が起こらないように、最大の気配りがなされていた。

「いい土産話が聞けることを、期待して待っているよ」

太子が雨妹と立勇にそう言ってひらりと手を振ると、軒車に乗り込む。

「出立!」

そして近衛の号令で軒車が動き始め、やがて見えなくなった。

「行っちゃいましたね」

雨妹は思わずポツリと零す。

自分で選んだこととはいえ、なんだかんだでここまでずっと太子と一緒だったので、その人がいなくなると寂しい気がする。

「今生の別れでもあるまいに、あの方は三日の距離を行けば都にいるのだぞ?」

そんな感傷を、立勇がバッサリと叩《たた》き切る。

――わかっているけどさ！　それでもお別れっていうのは寂しいものなのさ！

心の機微がわかっていないらしい立勇に、雨妹はぷうっと頬を膨らませる。

そもそも、雨妹は今世で別れというものをあまり経験していない。母との別れは赤ん坊の頃であったし、辺境の村ではほぼ孤立状態だったので、別れもなにもあったものではなかった。尼寺を出る時も、いつでも会いに行ける距離だったので気にならなかったし。人の往来などもない故に新たな出会いなどもないので、別れが生じようがない。

唯一の別れは都に出る際に尼たちと会えなくなることであったが、それだって「生後宮!」という興奮の前には霞《かす》んでしまったのだったりする。

それらのことを思えば、今が今世初の別れの寂しさなのである。

しかし、しょんぼりしてばかりはいられない。

梗へと戻る太子を見送ったら、雨妹のここでの仕事の開始だ。

——さぁて、どうやって進めていくかな。

雨妹とて、長期間潘公主にずっとべったり貼りついているわけにはいかない。なにより立勇を早く太子に返さなければならないのだから。

よって、潘公主への減量教育のために見積もっている期間は、おおよそ一月ほど。その間にできるだけのことをしておきたい。

そのためにまずするべきことは、潘公主の体調を元に戻すことだ。

なので雨妹は、彼女のこれまでの食事や日常生活について、改めて聞くことにした。

というわけで、雨妹は潘公主との話し合いを持った。

だが偉い人と会うためのやり方を雨妹は知らないので、立勇にまるっと任せることになる。

――あれ？　もしかしてこういうことのために、立勇様って付けられたの？

改めて己の付き人としての駄目っぷりを認識したところで、潘公主の部屋へ来るようにとの伝言があったので、そちらへと向かう。

「失礼します、呼ばれて参りました」

雨妹が部屋の扉越しに声をかけると、扉が中から開く。

部屋の中には、潘公主と付き人の娘がいるのみであった。

「まあ、よく来てくださいました、少々お待ちを」

潘公主はそう言うと、娘に雨妹の席にお茶や菓子を用意させる。前もって置いているのではなく、淹《い》れたてのお茶だったり、菓子に埃《ほこり》が付くのを避けているあたり、気を遣っているのが見て取れる。

立勇の分がないのは、彼が護衛であるため座らないと判断したのだろう。

この付き人の娘は、昨日潘公主と話す際に椅子や卓を用意してくれた人物だ。テキパキと動いている間にも、潘公主の様子を窺《うかが》って不調がないかを確認している。

――この二人、仲が良さそうだな。

潘公主の娘を見る表情が幾分か柔らかく見えるし、潘公主が言葉にせず視線だけで伝えることをすぐに察したりと、二人の間に阿吽《あうん》の呼吸《こきゅう》というものが感じられる。そう、まるで太子と立勇、もしくは立彬《リビン》のようだ。

「お二人は、一緒に行動するようになってから、長いのですか？」

雨妹がそう尋ねると、潘公主はニコリと笑みを浮かべた。

「ええ、この娘は私の嫁入りに一緒についてきてくれたのよ」

やはり想像通り、長い付き合いの二人らしい。

――でも確か潘公主って後宮育ちか。

成人するまで後宮で育つ皇子と違い、公主は後宮から出されて母の実家で育てられる場合もある。

まあ公主を迎え入れて、恥ずかしくない教育ができる財力がある実家に限られるのだろうが。

そんな中でも潘公主の母は有力者の娘だったらしいが、娘と離れたくないという理由で実家にやらなかったらしい。そのおかげで、潘公主は太子とそれなりに交友があったのだが。

けどそうなるとこの娘は、嫁入りの際に外へ出るために皇帝の許可を得て下賜された人員ということになる。そこまでしたのであれば、相当に信頼している相手なのだろう。

見た目は、雨妹よりも年上のようだが、お団子頭の可愛《かわい》らしい人である。今もお茶の準備のためにちょこまかと動き回る様子が、なにやら小動物めいていて、雨妹は鈴鈴《リンリン》を思い出す。

――鈴鈴、どうしているかなぁ？

一応急遽《きゅうきょ》決まった外出について手紙を書いたが、今頃驚いているだろうか？

雨妹がそんな感傷に浸っていると、準備は整ったようで。

「ありがとう、下がってくれていいわ」

「かしこまりました、いつでもお呼びください」

準備を整えた娘に潘公主がそう告げると、彼女は一礼して壁際に下がる。

では、ここからは仕事の話だ。

立勇が同席するのは、潘公主も本当は嫌だろう。男に減量をしている話を聞かれたくないとは思うが、立勇がまとめて警護するということで屋敷の警護の者を人払いできた側面もあるため、ここは堪えてもらう。

立勇には事前に説明をしており、この場ではただ黙って話を聞いているだけということになった。

「では潘公主、普段のお食事についてお聞きします」

場が整ったところで、雨妹が聞き取りを開始する。

「朝はいつもどうなさっていますか？」

雨妹は詰問にならないように、他愛《たわい》ないお喋《しゃべ》りの口調で尋ねていく。

「そうね……」

潘公主が答えるには、寝起きの時間は不規則で、基本朝食を食べずに夕食のみなのだという。これは後宮で暮らしていた頃からの習慣であることを、付き人の娘も証言した。やはりこの娘は後宮から一緒に来たらしい。

――まあ、後宮ではありがちな生活ではあるんだけど……。

後宮の妃嬪《ひひん》のように昼頃に起き出して肉体労働などしない身であれば、お茶と菓子で空腹を誤魔化しつつの夕食のみでも足りるのだろう。

しかしよく話を聞けば、痩《や》せる前の潘公主は一食抜いた分、空腹なため夕食の量が増えていた。

つまり朝食抜きでも、摂取する食事量は二食分と同等になっていたのだ。

さらに日の出と共に起きて日の入りと共に寝る生活の庶民と違い、潘公主は夜も明かりの下で遅くまで起きていることも多い。なので夜更かしをして、その間に夜食をつまむのが常だったという。

——あちゃあ……。

ある意味典型的な食生活に、雨妹はしかめっ面にならないように気を付けながら、潘公主へと語り掛ける。

「潘公主、寝る前のお食事は身体に悪いです」

「……そうなの？」

雨妹からの忠告に、潘公主は初耳だというように目を見開き、頬に手を当てる。このようなことを、今まで誰からも指摘されたことがなかったらしい。

どうやらこの国では、内臓の働きについては一般に知られていない知識のようである。このあたりの常識を、医官に確認できないのが少々不安だ。けれどここは潘公主のために、雨妹は自身が「変な娘」だと思われようが突き進むことにする。

「潘公主は、寝起きから疲れていたりしませんか？」

雨妹の質問に、潘公主がため息交じりに答える。

「……確かに朝は身体が重くて、だから起きるのが苦手なの」

——これは、体内リズムが狂っているな。

そう察した雨妹は、食事と睡眠の関係について説明することにした。

「人は満腹でも空腹でも、快眠の障害になります。たとえ寝ている間でも、胃は働いているからです」

満腹で眠ってしまうと、就寝後も胃が消化運動を続けるため、脳が興奮してなかなか寝付けなかったり、浅い眠りになったりするものだ。また、夜間は胃の働きが緩やかになるため、食べたものを消化しきれずに、翌朝胃もたれが残ることが多い。

逆に空腹は空腹で、脳が覚醒《かくせい》してしまい眠れなくなる。

「快眠してすっきりした寝起きを迎えるためには、寝る頃には胃の活動が終わっていることが大事です。だから食事から寝るまでに時間を長く空けておきましょう」

どうしても小腹がすいて眠れないときなどは、温めた牛乳もしくは豆乳、あと麦湯などがいい。温かい飲み物は空腹感をやわらげるし、覚醒作用もないので安眠できる。

「夕食を減らせば自然と朝にお腹《なか》が空《す》くでしょうから、朝食が入るはずです」

雨妹の意見に、しかし潘公主が困った顔をする。

「でもわたくし、朝から食べるのは苦手で……」

――元々朝が苦手な人なんだな。

朝から食欲旺盛《おうせい》な人と、小食な人と、それぞれいるため、潘公主のこの体質が悪いわけではない。

「別に朝から豪勢な食事をする必要はありません。白湯《さゆ》に果物程度でもいいのです。その中でも私がお勧めしたいのは、野菜の湯菜《タンツァイ》ですね」

健康な身体作りや病気の予防のためには、一日で籠《かご》に山もりの野菜を食べてほしいところだが、生でこの量を食べるのは大変だ。そこで野菜を手っ取り早く食べる方法が、湯菜なのだ。

「朝を食べ慣れてらっしゃらないので、最初は味付けなしで、野菜そのものの味だけの湯菜がいいです」

「そうね、湯菜くらいだったら飲めそうだわ」

雨妹の勧めに、ここで初めて潘公主から前向きな発言が出た。彼女もようやく自分にできそうな事柄が提案されて、ホッとしたような顔をしている。

「胃が慣れてきたらそれに野菜の具を足してもらい、徐々に朝食を増やしていけば、自然と朝から活動するのが苦ではなくなってくるはずです」

こうして体内時計を朝に巻き戻せば、身体の不調は自然と改善されていくはずだ。

これらの雨妹の説明を、お付きの娘が一生懸命に書き留めているのが視界に入る。実際に手配するのは彼女になるはずなので、どうか頑張ってもらいたい。

朝食指導について一通り話したので、次は夕食について語る。

「夕食については、特に肉や魚が大事です。味覚以外にも、人の身体を作るために大事な栄養ですから」

この雨妹の意見に、潘公主が眉《まゆ》をひそめる。

「肉や魚はなんとなく太る気がして、最も避けていたものです」

潘公主曰《いわ》く、代わりに野菜を食べて空腹を紛らわせていたらしい。

——典型的なダイエット地獄に嵌《はま》っているなぁ……。

雨妹は表情を動かさないことに、多大なる労力を割かなければならなかった。

野菜は身体に良いという考えは正しいし、前世でも減量とは別の話で、ベジタリアンなど己の信条から野菜のみを食べて生活をする人はいた。だがあれは野菜の中でもたんぱく質などの栄養素を計画的に摂取しているのだ。潘公主のように、付け合わせの野菜だけで生活するのとは、だいぶ違う。

「肉や魚を食べたら太る、ということはございません」

「……そうなの？」

雨妹が断言すると、潘公主が本気で驚いている。

「肉や魚を食べることで筋肉が作られて代謝も増して、太ることを予防できるのです。つまり、肉や魚は痩せるためにはむしろ食べるべき食材なのです」

雨妹はそう説明し、「ただし」と続ける。

「油たっぷりの料理は過ぎると太る面があるため、控えた方がいいでしょうね。特に今は胃が弱っているはずですから、蒸し料理などのあっさりとした調理法がよろしいでしょう。それに佳は港のある土地ですので、食べるなら牡蠣《かき》をお勧めいたします。あれは味覚に重要な、亜鉛という栄養が豊富な食材なんですよ」

しかし牡蠣と聞いて、潘公主が眉をひそめる。

「まあ、牡蠣ですか？　ちょっと変わった見た目なので、わたくしは少々苦手ですの」

確かに貝類は鮮度が命なので、海辺でなければ口にできない食材だ。潘公主が佳に来るまで見たことがないのなら、見慣れないために口にし辛《づら》い気持ちもわかる。

「ですが、あの見た目に慣れれば非常に美味なんですよ。異国では海の牛乳と言われるくらいに、栄養豊富でもありますから」

潘公主が「牛乳」という言葉に反応する。

「わたくし、牛乳は好きです。そう言われたら少し興味が湧きますわね」

好きな食材に例えられた潘公主は、牡蠣を食べてみようという気になったようだ。あとは料理人の腕の見せ所だろう。ぜひ潘公主に牡蠣の魅力を伝えてほしいものである。

ちなみに雨妹は、前世では牡蠣小屋で爆食いするくらいに、牡蠣が大好物だったりする。なのでこの佳の滞在で、牡蠣を思う存分食べて帰りたいものだ。

ともあれ、食事の内容について話した次に、食べ方も注意する。

「食事の際によく噛《か》んでください。そうすると少ない量で満腹になり、食べ過ぎを防げます」

雨妹の告げた注意点に、潘公主がきょとんとした顔をした。

「……それだけですか？　もっと特別な作法があったりするのではないの？」

特別な作法とは、もしかして潘公主が引っかかった詐欺で言われたのだろうか。だが食事にそんなものはない。強いて言えば、美味しく食べることが作法だろう。

「痩せるための作法などはございません。加えて食べてはいけないもの、というのもございません。あえて言うなら、何事も適度であることが大事なのです」

そう語り掛けた雨妹は、日中はこまめに動いたり、歩く時間を作るなどして身体を動かすことも推奨する。

「太るかどうかは、食事量と運動量の兼ね合いですから。食べるよりも多く運動をすれば痩せるのです。逆に言えば、運動量以上に食べては太ります」

運動と聞いて、潘公主が戸惑う様子を見せた。

「それは、殿方のように剣を振るのですか？　それとも武術の鍛錬？」

どうやらこの国では、運動すなわち兵の鍛錬となるようだ。これに雨妹は首を横に振る。

「いいえ、散歩でいいのです。あれも立派な運動ですから。ですが、今の潘公主は筋肉が極端に付いていません。これでは普通に歩くだけでも息切れするのではないですか？」

雨妹が問いかければ、潘公主がため息を吐く。

「……そうね、だから余計に外に出るのが億劫《おっくう》で」

聞けば太子の出迎えは、やはり相当頑張ったようだ。

「せめて、お屋敷内を一周できる程度の身体を作りましょう」

「ええ、利民様に大変なご心配をおかけしていることですし、頑張るわ」

雨妹が励ませば、潘公主も決意の眼差しを向けてきた。

こうして食事指導が一通り済み、最初の目標を設定したところで、潘公主が減量に走った原因についても聞いた。

後宮では特に減量なんてしていなかったそうなのに、何故急にやろうと思ったのか。このあたりの心因的なことを解明しないことには、根本解決に至らないだろう。そして誰かに愚痴って楽になることも、治療の一環である。

「わたくしが痩せなくてはと思った、原因ね……」

潘公主は一瞬口ごもったものの、やがて事情を話してくれた。

潘公主は子供の頃から、どちらかというとぽっちゃり体型だったそうだ。しかし後宮にいた頃は、そんな自分を特に気にしたことがなかった。潘公主の母は後宮内でもそこそこ立場が強い方だったそうで、故に潘公主に面と向かって体型を批判するような宮女も女官も宦官《かんがん》も、周囲にいなかったのだという。

「まあ、陰では言われていたのでしょうけど」

それでも、そうした負の言葉は本人の耳には入らなかった。

そして降嫁が自分に決まったのは、こうした見た目に対して拘《こだわ》らない潘公主の性格が決め手であったそうで。

「皇族から降嫁することが決まった際に、わたくしを望んでくれたのは利民様の方でしたの」

利民は海賊相手に船で陣頭指揮を執ることもあるそうなので、当然港近くに住まう。となると内地で優雅な生活とはいかない。なので美術品のような女ではない方がいいという注文が、利民側から入ったのだそうだ。

「通常では、皇族からの降嫁に注文を付けるなどないでしょうが。まかり通ったのは黄家故でしょうね」

潘公主はそう言ってなんとも言えない笑みを浮かべた。

太子からも以前に聞いたが、黄家は海の支配者として名を馳《は》せており、皇帝へ従順であるとは言い難いらしい。

——まあ、だから公主を降嫁させて監視しようって思ったんだろうけどね。

こうした状況で選ばれたのが、潘公主だったそうだ。

「わたくしは姉上方のように潮風や日焼けなどには、あまり頓着《とんちゃく》しない質《たち》でしたの」

太っていることで見た目の美しさを諦《あきら》めていた潘公主。だから髪や肌を傷める日焼けや潮風を厭《いと》う姉たちに比べ、港町で暮らすことに大して嫌悪感を抱かなかったそうだ。

むしろ今まで見たことのない海を見られると、うきうきしていたらしい。美容よりも未知への好奇心が勝るとは、雨妹も共感できるところである。

——もし私が後宮で育っていたなら、仲良しになれたかもね。

ともあれ、そんな気持ちで佳へとやって来た潘公主だったが、黄家の中で暮らすようになると状況が一変する。

「屋敷の使用人たちが、わたくしのことをあからさまにひそひそと噂《うわさ》するのが聞こえるようになって」

曰く、「あんな太い公主を押し付けられ、利民様が憐《あわ》れだ」というのがたいていだそうで。

——ただの使用人が、皇帝の娘である公主の悪口を堂々と話すの？

普通に不敬だし、宮城だったら物理的に首が飛びそうなものだが。違和感に首を捻《ひね》る雨妹に、後ろで話を聞いていた立勇が顔を寄せてきた。

「この辺りでは黄家の力は絶大だからな。住まう民も皇帝陛下より黄家を上に見る傾向がある」

「なるほど、お土地柄ってことですか」

雨妹たちのヒソヒソ話に、潘公主は苦笑しつつも話を続ける。

「中でも黄県主、つまり利民様の伯母様とその御息女からの風当たりがきつくって」

「黄県主、ですか？」

雨妹は聞いたことのある名前に、思わず声を漏らして立勇をチラリと見ると、あちらも微《かす》かに眉を上げている。

――あの、派手車の人だよね？

あの検問の通り方から考えるに、あまり付き合いたい相手ではなさそうな人柄に思えたのだが。その人物がここで関わってくるとは、嫌な偶然である。

ちなみに県主とは地方を治める諸侯の姫を指す。黄家がそれほど力のある一族ならば、黄県主もさぞかし誇り高い人なのだろう。

「黄県主曰く、利民様の妻となる人は、本来ならば黄家の娘から選ぶはずで、その中でも黄県主の御息女が有力だったとか。しかし突如、黄大公が皇帝陛下と話をつけて、勝手に私を連れて来てしまったと怒ってらっしゃって。頻繁にいらしては、そのような話をわたくしになさるのです」

潘公主がそう話しつつ、「はぁ」とため息を漏らす。

――おぉう、娘の恋敵《こいがたき》に嫌味を言うために通っているってか。

政略結婚に恋敵という表現が即しているかはおいておいて、それはずいぶんな情熱である。

それにしても、黄県主は自領の気風を嫌って都に長く滞在しているという噂であったが。甥《おい》の嫁へ嫌味を言うためだけに、嫌いなのを押して頻繁にやって来るとは。彼女をそこまで駆り立てるのは、なんなのか？

——黄大公ってことは、黄一族の一番偉い人が決めた婚姻だったってことだよね？

けれど生憎《あいにく》、雨妹の脳内には黄一族の人間関係があまり入っていない。わかっているのは、潘公主の夫である利民が、一族の若君である程度である。

雨妹が首を捻っていると、後ろから立勇の補足が入る。

「黄家の当主である黄大公はご高齢故、近々息子に代を譲るつもりだと聞く。その息子というのが、利民殿の御父上だ」

「ははぁ、つまり利民様の結婚相手は、ゆくゆくは大公夫人となる可能性大ってわけですか」

それはきっと激しい競争があったことだろう。

——もしかして黄大公が一族内でのドロドロの争いが嫌になったから、外の娘をと考えたとか？

全くの想像でしかないが、皇帝からの横槍《よこやり》が入りやすくなることを承知で公主を引き入れたのだから、あり得なくもない話だ。

「それに……」

そして潘公主は言い難《にく》そうな顔をして、声の調子を一段落とす。

「黄県主は昔父上——皇帝陛下の妃を黄家から出す際に、選ばれなかったことを根に持っているそうで」

確かに黄家の勢力がそんなに大きいならば、黄家の娘が後宮にもいるのも当然のことだろう。

——あのアレルギーだった友仁《ユレン》皇子の母親の胡《フー》昭儀もそうだったし、お妃の座争いは実家で既に始まっているってわけね。

それに黄家の家格から言って上位の妃嬪、もしかして四夫人の誰かかもしれない。雨妹が掃除でウロウロするのは主に中位以下の妃嬪のお屋敷なため、遭遇しなかったのだろう。

「あ、でもそれで言うと、その黄県主の御息女って人は？」

黄県主が陛下の妃嬪の座を狙う歳《とし》だったなら、その娘は太子の相手として丁度いい年頃となっているのではなかろうか。

「はい、その方はわたくしより二つほど年下で、黄県主は太子殿下の妃にしようと育てられたようですが……」

潘公主がそう話しながら言葉を濁す。

けれどその娘も後宮に行ってないということは、太子の妃嬪の座も逃したということで。母娘揃《おやこそろ》って妃嬪の座を逃したのならば、彼女たちにとって後宮は鬼門と言えるだろう。

さらに、ならば大公夫人の座を得ようとすれば、公主が降嫁して来る始末。

——それじゃあ「嫌味か！」ってなるのもわからなくもないな。

そして潘公主がいわゆる「後宮の女」っぽくないことも災いした。「あの程度でチヤホヤされるなんて！」と思ってしまったのかもしれない。潘公主の立場としては完全なるとばっちりだが。

どうやら潘公主が症状を重くしたのは、こうした心労もあるようだ。

かくして少しでも黄家内で認められようと、今まで気にしなかった体型改善にも意欲を見せ、屋敷の使用人たちと積極的に交流を持とうとしたりと、潘公主は努力した。

けれど、努力の方法が間違っていたため、体調を崩してしまう。そこを嬉々《きき》として突いてくる黄県主母子に、ますます心労が溜《た》まっていく。

悪循環に陥っていた際に、風邪をひいたのが決定打となり、今に至るというわけだ。

「このように弱ってしまったわたくしに、黄県主は皇帝陛下が不良品を押し付け、黄家を侮辱したと息巻いておりまして。黄大公に訴えて利民様にはわたくしとの離縁を承諾させるのだ、と申しているそうです。そうなれば陛下の御名を汚したわたくしは、出家することになるのでしょうね……」

そう話す潘公主が、深いため息を吐いた。

――うわぁ、実は結構な崖《がけ》っぷちなのか！

出家と聞いて脳裏に浮かぶのは、後宮を追放され自ら命を絶ってしまったという母のことだ。なにせ公主としての生活と、尼寺との生活は落差が激しい。一応公主を受け入れるための尼寺もあるのだろうが、それでも果たして潘公主に耐えられるのか。母の二の舞になりやしないか。

雨妹としても、これは放っておけない問題であった。

「潘公主、では美しく痩《や》せてみせて、黄県主やお屋敷の方々を見返してやりましょう！」

「……できるかしら？」

雨妹が強くそう言うと、潘公主は今までの減量の失敗を思い返し、不安そうに呟《つぶや》く。

「できますとも、そのために私が残ったのではないですか。潘公主は努力の方向性が間違っていただけです。けれどその努力を続けた強いご意志があれば、今からでも健康的に痩せることができます」

「わたくしの、努力……」

失敗続きの減量だったのに、「努力」という言葉をかけられたのが意外だったのか、潘公主が目を丸くする。

「病は気からとも申します。まずは前向きな気持ちになって、身体を健康に戻すことから始めましょう」

「そうね、わたくしやってみますわ」

潘公主がそう言って頷《うなず》いた様子に、見守っていた付き人の娘が胸の前で両手を組んで涙ぐんでいた。


こうして潘公主の減量計画が始まったわけだが。

彼女はまず、長期間の偏った食生活のせいで弱った胃の機能を回復させることから取り組む必要がある。

なので最初の目標は普通の食事ができるようになることで、これについては台所の料理長との話し合いが必要となる。そのあたりの手配は自由にやって良いと、屋敷の主《あるじ》である利民から言われていた。

利民はどうやら忙しいらしく、今日も今日とて早朝から港へと出ているため、自身の許可待ちをしていたら時間がかかるだろうとのことだった。

というわけなので、雨妹は早速立勇と一緒に台所へ向かう。

けれど、その途中の廊下を歩いている時。

「ねぇ、あの娘」

「なんで居座っているのかしら」

「金でも強請《ゆす》ろうと残っているんじゃないの？」

「そうね、どうせ皇族なんて黄家のお金で贅沢《ぜいたく》している連中だしね」

屋敷の使用人らしき娘たちが、こちらをチラチラ見ながら全く潜まっていない声で喋《しゃべ》っているのが聞こえる。

――なぁんか、感じ悪いなぁ。

これが後宮なら、娘たちは立場が上な相手にお喋りしているところを見られた時点で叱責ものだ。しかし彼女たちは平気な様子であるため、このお屋敷は後宮よりも自由な気風なのかもしれない。

――それとも潘公主や立勇の言っていた通り、皇族を見下しているのか。

だからそれに纏《まつ》わる者も憎らしいというわけだろう。

雨妹がそんな風に観察しながら歩いていると。

「ふん、ここの主は使用人を御せていないと見える」

隣を歩く立勇がそんな呟きを漏らした。

彼は黄家の屋敷内ということで武装しておらず、普段着姿である。それでも武人としての威圧感があり、先ほどの娘たちも立勇に睨《にら》まれるとコソコソとその場を去っていく。

この威圧感を宦官《かんがん》の立彬では感じさせないのだから、器用なものだ。いや、元々別人という話だったか。全くもってややこしい男である。

それはともかくとして、なんの話だったか。

「使用人を御せていないって、潘公主のことですか？」

雨妹の疑問に、娘たちが去って無人となった廊下で、立勇が立ち止まった。

「いや、そうではない。今はこの話よりも、台所で料理長と話をする方が先だろう」

「まあ、それはそうですね」

早くしないと、夕食の仕込みが始まってしまう。

雨妹はこの話が気になるものの、とりあえず目的地である台所へたどり着く。

「すみません、少々よろしいでしょうか」

台所近くにある井戸の辺りで野菜を洗っている、若い料理人の男に声をかける。

しかしその彼が、こちらを嫌そうな顔でジロリと睨んできた。

「こんな所まで我が物顔で来るなんて、都育ちはずいぶん図々《ずうずう》しいな」

そんな嫌味を言ってくる料理人に、雨妹は気にせず話を続ける。

「仕事の話をしたくて来たのですが、料理長はおられますか？」

「料理長はお忙しいんだ、フラフラと遊んでいる都育ちの相手をしていられるか」

けんもほろろな対応に、雨妹は「またこれか」と思ってため息を吐く。

この料理人に因縁をつけられるのは、実は二度目なのである。

先だっての宴の際に、欠席する潘公主の夕食をどうするのかを聞きに来たのだが、その際も、余《よ》所《そ》者は歓迎しないとばかりに追いやられそうになったのだ。

第一、辺境育ちの雨妹に、都育ちが云々《うんぬん》を語られても困る。それに宮女はむしろ都育ち以外の娘の方が多いはずだ。しかし屋敷に残った公主の客人に文句を言いたいだけのこの料理人にとって、そんな事実誤認は些細《ささい》なことなのだろう。

前回はそれでもなんとか料理長と話をすることができたのだが、さて今回はどうするか。雨妹が頭を悩ませていると、立勇が一歩前に出た。

「ほう、黄家の台所は客人に来られると困ることでもしているのか」

そう告げた立勇に、その料理人が立ち上がる。

「なんだお前」

しかし料理人が凄《すご》んだところで、立勇が恐れるはずもなく。

「ずいぶん熱心に俺たちを追い返そうとしているが、この台所には客人に知られては困るようなやましいことでもあるのか？　そのような信用のおけない所で作られた料理を、利民殿や公主殿下に召し上がっていただくのはいかがなものか。早速利民殿に進言してこようか」

そう言って今にも踵《きびす》を返そうとする立勇に、料理人がギョッとする。

「誰もそんなことは言っていないだろう！　余所者が偉そうにうろつくなというだけの話だ！」

料理人の反論に、立勇は眉《まゆ》を上げて意味ありげな顔をする。

「ほう、公主自らが留められた太子殿下の供を、余所者呼ばわりか。利民殿の配下への教育が問われ、大公に叱責されかねんな」

「なっ、どうしてそんな話になる⁉　だいたいお前たちの話が、大公様の御耳に入るわけないだろうが！」

話がいきなり大きくなったことで、料理人が慌てだすが、立勇は口での攻撃の手を緩めない。

「なにを言うか、我々は太子殿下の代理人である立場だぞ？　当然、黄大公にお言葉を届けるくらいのことはできる」

雨妹を差し置いての二人の口撃合戦は、どうやら立勇に分があるようだ。

立勇にやり込められる形になった料理人は、気に入らない都からの客人へのただの難癖のつもりだったのだろう。けれどそれが利民の信用問題話に発展するとあって、顔色を悪くしている。

皇族を見下すお土地柄とはいえ、それでこの料理人が皇族よりも偉くなれるわけではないのだ。

誰彼構わず噛《か》みつくからこうなるのだ。

——ちょっと利民様、一体どんな人選をしているんですか？

雨妹がこの事態に頭痛がしそうになっていると。

「うるせぇぞ、静かにしろ！」

奥から怒鳴り声が響いたかと思ったら、台所からずんぐりとした体格の男が出てきた。この男がこの屋敷の料理長である。

前回台所を訪れた際も、粘る雨妹に焦《じ》れた料理人が手を出しそうになったところで、料理長が出張ってきたのだった。

曰《いわ》く、『料理人が料理以外で手を出すんじゃない』とか。

そして今日も叱られそうな予感に、料理人が慌てて言い訳をする。

「ですが料理長、この余所者が騒ぐから……」

「料理の話をするのに、余所も内もねぇ！」

しかし料理長はそうぴしゃりと言う。

「おめぇはここで料理人をしたければ、口じゃなくて手を動かせ！　お喋り雀《すずめ》共の仲間なんざいらねぇんだよ！　それにやたら時間がかかっているが、野菜は洗い終わったのか⁉」

そう尋ねる料理長に睨まれ、料理人は一瞬しかめっ面をする。

「これだから都人は……」

そしてそんな言葉を小さく漏らすが、料理長からギロリとさらに鋭い視線を向けられると身体を竦《すく》ませ、洗い終わった野菜の入った籠《かご》を抱えて急ぎ足で台所へと入っていく。

――うーん、口に態度が伴わない人だなぁ。

結果その場に残された雨妹と立勇に、料理長が軽く頭を下げる。

「済まねぇなアンタたち。どうも太子殿下がいらしてから、浮足立つ連中が多くて敵《かな》わん」

「なんか、大変ですね……」

雨妹は料理長に心底同情する。

だがそんな話はさて置き、当初の目的の話をしなければならない。

なので台所に入り、食材を見ながらの話となった。

台所に入ると、作業中の他の料理人たちの視線が刺さる。

けれど雨妹にはそんなことが気にならないくらいに、視線を釘付《くぎづ》けにされるモノが、台の上に置かれていた。

それは、新鮮ぷりっぷりの魚である。

――さすが港町、お魚が綺麗《きれい》で美味しそう！

この辺りでは魚を刺身で食べたりするのだろうか？　漬け丼なんて前世で大好物だったので興味を惹《ひ》かれるものの、そこをぐっと堪えてお仕事だ。

雨妹は魚から頑張って視線を引き離すと、料理長に向き直る。

「料理長、潘公主のこれからのお食事についてですが」

「ああ、昨夜のお食事は召し上がられているようだし、このまま続けるのか？」

雨妹が話を切り出すと、料理長がそんなことを言う。

先だっての宴の際に、雨妹と料理長は潘公主の夕食の相談をしたのだが。

――あの時も揉《も》めたなぁ。

雨妹はその時の出来事を思い出す。

あの時の料理長も最初は当然、外部からの口出しを嫌った。「素人が口を挟むんじゃねぇ」ということだろう。

しかし粘って交渉する雨妹の話が間違った内容ではないと認めると、聞く耳を持つようになっていく。

「潘公主に、栄養があって美味しい特別な粥《かゆ》をお願いします」

「特別な粥か、どうするかな」

そしてこんな雨妹の注文に、料理長が早速粥をどう作るかを思案し始めたのだが。

けれどこの時、台所の敵はまだ他にもいた。

作業中の料理人たちの中から、年嵩《としかさ》の男が進み出てくる。

「粥なんてものは、見習いに作らせるものでしょう。そんなことのために料理長の時間をとらないでいただきたい。今まで作っていた料理長も、料理長だ」

そしてそう告げると、隅で作業する見習いの料理人を顎《あご》で指し示したのだ。この話はあちらに持っていけと言いたいらしい。

彼のこの意見は、必ずしも理不尽であるというわけでもない。料理人であれば腕が上がるほど、難しい料理を担当するもの。それが黄家の大公候補のお屋敷の料理人ともなれば、宴の料理などの豪奢《ごうしゃ》な料理でこそ真価を発揮するのだろう。

一方で粥のようなものは、見習いで十分な仕事というわけで、これが使用人の食事であれば、それでいいのだろう。

しかし、その粥を食べるのは潘公主なのだ。それを「見習いでいいだろう」と言ってしまうのもどうなのか。

そしてこれに、料理長が頷かなかった。

「公主様のお食事は、俺の仕事だ。宴の料理は大方仕込み終えているから、盛りつけは任せる」

ぴしゃりとそう言われた男は、不満そうな顔をしていたものだ。


そして現在、その年嵩の料理人は、あの時と同じように納得していなそうな様子でこちらを見ている。雨妹とて彼が気にならないわけがないが、ここは外野を意識しないことにして、料理長と話をする。

「粥食は続行でいいのですが。潘公主は体調を崩される前の食事は夕食のみで、しかも結構重めの料理だったと聞きました。それを夕食を軽めに、そして朝食をきちんと召し上がっていただけるようにしたいのです」

雨妹の話に、料理長が難しい顔をした。

「朝食ねぇ、今まで出したことがないんだが。当初から『必要ない』と仰っていたからな」

そして朝食を食べないことは偉い人にはよく見られるため、料理長は大して気にしていなかったそうだ。雨妹も、朝食を抜きにすることを了承した料理長を責めるつもりはない。

「はい、潘公主は朝が苦手な体質だというのは確認しています。けれど湯菜であれば召し上がるとのことでしたので。体調を戻すためにも、少しでも栄養のあるものを朝から食べていただきたいのです」

そう告げた雨妹は、朝食で野菜の湯菜と、夕食で胃に優しい食事を用意してもらえるように頼む。

「なるほど、朝に弱い相手にはそういうやり方があるのか。覚えておこう」

料理人であるからには、やはり食事をしてもらいたいのだろう、料理長が表情を明るくする。

「そして夕食では、粥の他はできるだけこってりした料理ではなく、蒸し料理などがいいかと思います。特に牡蠣《かき》料理をお勧めしたいので、内陸の人にも受け入れられるような料理にできますか？」

「牡蠣なぁ。あれは癖があるが、なんか考えてみるか」

こうしてとんとん拍子に進む料理長との話だが、気に入らない様子なのが他の料理人たちだ。

「料理長は、なんで素人の言うことを聞いているんだ？」

「都から来た奴《やつ》はこれだから……」

そんな微妙に聞こえる大きさのヒソヒソ声が聞こえてくる。

ちなみにこの「都から来た」というのは、雨妹と立勇だけではない。潘公主のお付きの娘の話だと、実は料理長も潘公主の結婚のために都から引き抜かれた人なのだ。「今まで食べ慣れた味の方がいいだろう」という、利民の心遣いらしい。

ならばそれまでいた料理長はどうしたかというと、副料理長に納まっている。そして副料理長というのが、粥の件で口出しをしてきたあの年嵩の男だった。

突然の料理長交代で確執がありそうなものだが、彼が大人しく譲ったのには訳があった。

副料理長は、客人を招いての宴料理を作ることができないのだ。どうやら今まで利民がそうした客人を屋敷に連れて来ることはなく、そういった持て成しの席は屋敷の外の料理店を使っていたという。

それだけではなく、以前の利民は普段の食事も外で済ませてしまうことが多く、屋敷の台所は主に使用人たちの食事を作るためのものだったそうで、この副料理長もそういう内容で雇われたらしい。

けれど潘公主が嫁いできたらそうはいかない。それなりの料理を出さなければならないし、客人だって来るだろう。

そうした理由で、現在の料理長が急遽《きゅうきょ》召し抱えられたというわけだ。料理長はそれまで、それなりの料理店で働いていたらしい。

しかし副料理長はこうした現状がわかっていても、不満が溜《た》まるというもので。

そしてこうしたことで揉めている現場は、なにも台所ばかりではない。

この料理長のような、潘公主との結婚がきっかけで雇われた重要職の者というのがあと数人いるらしく、どうもこれも使用人たちが気に入らない原因のようだった。

――それまで利民様はほとんど屋敷にいなくて、使用人はのびのびと好き勝手していたんだものねぇ。

それが突然お客様への対応をきちんとしろだの、黄家を辱めるような真似《まね》をするなだのと、ぽっと出の余所者に言われたくない、というわけだ。

雨妹は台所から戻る際、人気《ひとけ》のない場所を通った際に疑問を口にする。

「言ってはなんですけど、このお屋敷の人って外からの客人に慣れてませんよね？　どうして責任者だけでなくて、屋敷の使用人を丸ごと入れ替えなかったのでしょうか？　その方が面倒がなさそうなのに」

佳は大きな港を抱えているのだから、その港を管理する人のお屋敷とは、前世で言うところの大使館的役割も持つものではなかろうか。

これまでは外の料理店で持て成していたそうだが、今は潘公主がいるのだから、ここで客を迎えることだってあるだろうに。様々な客人を持て成すためには、このような偏見ありきで話をする人を置いておいていいものか。

この体たらくでは、招かれた客はこの国に不信感を抱いて帰ることになりそうだ。

未来の展望が明るいとは言えない状態に眉《まゆ》をひそめる雨妹を、立勇がちらりと見た。

「先程の話に戻るが。本来ならば屋敷の者たちを管理するのは、嫁いだ潘公主の役割だろう。しかし使用人たちは皇族や都の者を見下していて、大人しく従うようには思えない」

「まあ、そうですね」

立勇の言葉に、雨妹も頷《うなず》く。元から反感を持っている土地の者たちを上手く使うのは、非常に難しいだろうことは想像できる。だからこそ潘公主に過剰な重圧となったのだろう。

――でも、このことで潘公主が悪いってなるのも可哀想《かわいそう》だし。

「うーん」と考える雨妹に、「だが」と立勇が話を続ける。

「そこを上手く言い含めるのが、降嫁を望んだ利民殿の役割のはず。しかもこの降嫁話は黄家側から起こったのだから、なおさらだろう」

これに、雨妹は目を丸くして驚く。

「あれ、じゃあ結婚話って本当に、皇族側から出た話じゃなかったんですか？」

「そうだ。突然黄大公から陛下へ申し出があり、急ぎで進んだと記憶している」

潘公主がああ思っていても、どうせ裏事情とかでの取引などがあったのだろうと考えていたのだが、どうやら真実だったらしい。

「そんな状況だ、なおさら迎える準備として屋敷の中の人事も整えておくのが道理だろうに。それがこの体たらくとは、利民殿の采配《さいはい》能力に疑いが生じるのは否めぬな」

言うことが辛口の立勇に、雨妹も今のところ庇《かば》う要素が見つからない。

「話した感じだと、好《い》い人っぽかったんですけどねぇ」

そんな風に零す雨妹を、立勇がジロリと見る。

「善良であることと有能であることは、必ずしも一致しない。第一雨妹、お前は太子宮で、あのような下品な宮女を見かけたことがあるか？」

「……ないですね」

雨妹はしばし考えて、首を横に振る。

太子宮にお邪魔したことは数回あるが、見知らぬ宮女に陰でヒソヒソされることはあっても、面と向かって悪意をぶつけられたことはない。何故なら太子宮を訪れる雨妹は身分が宮女であっても、お客様だったからである。そのくらいは弁《わきま》えておかないと、太子宮の宮女としてやっていけないのだ。

さらに立勇が話を続ける。

「宮女であっても宦官《かんがん》であっても武人であっても、人は数人寄れば下世話な話をしたがるもの。だがそれを客人の前では禁じて上手く取り繕わせるのは、宮の主、すなわち太子宮であれば太子殿下がすべきこと。太子殿下の意向があり、次に夫人方の手腕が問われるのだ」

今の内容を、雨妹は脳内で整理する。

「つまり、使用人たちが潘公主や私たちを軽んじるのは、利民様が軽んじているからだということですか？」

「もしくは、こうした皇族批判が日常であるため、大した問題と考えていないのかもな」

——ああ、そういうことってあるかも。

自分の常識を他人にとっても常識だと考えてしまう人というのは、世の中には一定数いる。皇族への悪口を些細《ささい》なお喋《しゃべ》り程度にしか考えていなかったら、咎《とが》めるという発想すらないだろう。

「それにおそらく利民殿は、屋敷の中のゴタゴタに興味がないのだと思う」

立勇の口から出た言葉に、雨妹は眉を上げる。

「興味がないって、自分のお屋敷でしょう？　揉め事が起こらない方が快適でしょうに」

しかしこれに、あっさりと立勇が返す。

「黄家の男はほとんどが船乗りだ。だからたいていは屋敷ではなく、船の方に生活の重点を置くらしいと聞く。屋敷でのことが面倒になれば船に乗ってしまって、しばらくして事が納まった頃に帰ればいい、ということだろうな」

確かに、利民は今日とて屋敷にいない。一応事態の進展を報告くらいした方がいいだろうと思っていつ戻るのかを使用人に尋ねると、「そのような話はいつもされませんので、いつ戻られるかわかりかねます」と当然の顔をして言われてしまった。

――主の予定を家人が知らないってある？　ってその時はビックリしたけど。

もし立勇の言っていることが本当だと仮定すると、利民にとっての家は船で、こちらの家はたまに立ち寄る別荘的場所だとしたら、こういうこともあり得るかと思う。

それに付き合わされ、振り回される潘公主はたまったものではないだろうが。

「仮にも公主を娶《めと》った人なのに、それでいいんですか？」

雨妹は潘公主が可哀想になってきて、プリプリと怒っていると、「もちろん、良くはない」と立勇が述べる。

「だから太子殿下も心配して、様子を見に来られた。病気見舞いというのは表向きの理由で、黄家の跡取り息子を見極めるつもりだったのだろう」

なるほど、そんな事情もあったとは。ではこの件も潘公主が頼んだというだけで、雨妹と立勇を残したわけではないのか。

そして利民の問題点はまだある。

「その上、潘公主が黄県主にいいように言われているにもかかわらず、なにも言葉を補えていないことも、懸念されるべき点だろうな」

「ああ、それもありましたね」

黄県主という黄家のお偉方が来たのなら、誰もその場に立ち会っていないはずがない。潘公主に厳しく接している様子くらい、たとえ潘公主本人が黙っていても耳に入っているだろうに。

利民がそこで潘公主を励まして「一緒に頑張ろう」と言えていたら、彼女はあんな風になっていなかったのではなかろうか。

雨妹はどうにもここまでの話の内容から、利民に駄目男な空気を感じる。

「利民様ってもしかして、女の扱いに疎い方なんですかね？」

雨妹の疑問に、立勇が微妙な顔をした。

「先程も言ったが、黄家の男は海の男だ。船の上での統率力は発揮できているから、この港を任されているのだろうが。当然ながら船上にいる者は、全て男だな」

――ああ、野郎だけで群れて今まで来ちゃったタイプか。

それはさぞかし女に疎そうだ。心配を口にしつつも、あんなになるまで潘公主を放っておいた利民である。それもこれも黄家の女との確執による心労なのだが、果たして利民がどれだけ理解できているのか。

「うーん、だとするとそもそもの問題は利民様ってことに……」

首を捻《ひね》る雨妹に、立勇も軽く息を吐く。

「利民殿が女の扱いにある程度長《た》けていたなら、おそらく黄家内の娘――それも黄県主の娘を娶っていたのだろうな」

皇帝と対立するお土地柄の黄家である。もし利民が黄県主の娘を娶っていれば、一族は皇帝の横《よこ》槍《やり》を受けることもなく、丸く収まっただろうことは、雨妹にも推測できる。

それなのに嫁を黄家ではなく余所《よそ》から連れて来た件を鑑みるに、利民は黄県主の娘、というか黄県主を御する能力がいまいちだと、黄大公に判断されたのではないだろうか？

あの州境での揉《も》め事《ごと》を思い出すに、相当押しが強そうな御仁であることは想像できる。アレを上手く御するとなると、相当の権力と気力が必要であろう。

――そう言えば、あの州境に応援を寄越《よこ》したのは利民様なんだっけ？

となると、少なくとも黄県主に好き勝手を許しているわけではないのだろう。けれど、肝心の潘公主にまで手が回っていないのも事実だ。

――父よ、もっとお姉様の結婚環境に興味を持ってあげてほしかった！

皇帝も公主を嫁がせるのだから、屋敷の使用人を全てこちらで整えるくらいしてあげればよかったのに。黄家との衝突を考え、変に遠慮してしまったのかもしれない。家財道具などをたくさん贈っても、人間関係で躓《つまず》けばどうしようもないだろうに。

これは、潘公主が健康な痩《や》せ体型になったらお仕事完了、というわけにはいかなくなってきた雰囲気である。

# 第六章　作戦開始！

「鈴鈴《リンリン》、元気ですか……？　っと」

今、雨妹《ユイメイ》は目の前に広げた紙へ、慎重に筆を走らせていた。

成り行きにより、都へ戻るのが大幅に遅くなることとなったため、心配をかけないように百花《ひやっか》宮《きゅう》の面々に手紙を書こうと考え、こうして筆を執った次第である。

「偉い人のお供での旅は、楽ですね……」

雨妹が徐州《ジョシュウ》に入るまでのあれこれや、初めて食べた海の魚の美味《おい》しさなどについて書き記していると、紙がいくらあっても足りないというもの。

特に、海の魚の美味しさを語り尽くすなんて、できそうにない。もういっそ鈴鈴を攫《さら》って海にまで連れて来てしまいたくなってきた。

——だってやっぱり特産物は、現地で食べるのが一番だもんね！

雨妹は手紙を書きながら、改めてそう実感する。

前世でも一応「地物は地元で食べる」を信条としていたものの、それでも「まあいいか」と移動を面倒がって、通販で済ますことが少なくなかった。

交通網が発達して輸送の便が飛躍的に良くなっていた世であったが、そのせいで地元で食べるありがたみというのが薄れてきていたのは事実であろう。

しかし今、雨妹は前世の自分に言いたい。

——ほんの一日程度の移動で、地元で食べる幸せを逃すだなんて、横着しちゃ駄目なんだからね！

今回雨妹は、海の魚を食べるだけで三日かかったのだ。もしこれが辺境からの出発だと想定すると、もう一生食べられないかもしれないと諦《あきら》めるだろう。

けどこれが前世なら、地球の裏側にだって一日強あれば行けてしまうというのに。そのたかだか一日を億劫《おっくう》がるとは、なんと贅沢《ぜいたく》だったのか。

そんなことをしみじみと実感しながら、手紙の続きを書いていると。

コンコン。

開けっ放しだった扉が叩《たた》かれた音に振り向くと、立勇《リーヨン》がそこに立っていた。

「雨妹、今から……お前、ずいぶんな大作を書いているのだな？」

立勇はなにかを言いかけるが、すぐに床に散らばっている墨を乾かしている最中の手紙たちに気付き、眉をひそめる。

「小説でも書く気なのか？」

呆《あき》れた調子の立勇に、雨妹も改めて周りの床を見た。熱中するあまりに少々嵩張《かさば》っているかと思い至るが、仕方がないとすぐに割り切る。

「私にそんな才能があるわけないじゃないですか。鈴鈴に私が見たありのままを伝えたいと思って書いていたら、自然とこうなったんです」

胸を張る雨妹に、立勇が「それでも、書き過ぎだろう」と零《こぼ》す。

ちなみに、これらと同じくらいの分量で、楊《ヤン》と美娜《メイナ》の分の手紙もあるのだが。

それはともかくとして。

「で、私になにか御用でしたか？」

雨妹が問いかけると、「そうだった」と立勇もここへ来た本来の理由を思い出したようだ。

「潘《パン》公主がお呼びだ。不安に襲われている様子であるので、お慰めをするように」

「あぁー、なるほど、了解しました」

立勇の微妙な言い回しに、雨妹は状況を察する。

先日から潘公主は食事を朝晩きちんと食べてもらっているのだが、そうなると当然、体型が大きくなっていく。それが今まで繰り返してきた状況であるため、不安なのだろう。

けれど今考えるべきは、体型よりも体力である。

あの歩くことも困難なままでは、いずれ寝たきりになる未来が見えてしまう。そうならないように、正しい方法で美しい体型を作るためには、体力がなくては始まらないのだ。

けれど潘公主には今までリバウンドでダイエットに失敗してきた実績があるため、成功するという未来が描けないという心理が、不安に拍車をかけているようだ。

——患者の不安を和らげるのも、お仕事だしね！

そうとなれば早速顔を見に行こうと、雨妹は魚への愛を手紙にぶつける作業を一旦《いったん》休止することにして、筆を置く。そして書き物で固まった身体《からだ》を「うーん」と伸ばしているのに、立勇がポッリと言った。

「お前は、郷愁に泣き暮れるということがないな」

「はい？　なんですかそれ？」

立勇の突然の意味不明な台詞《せりふ》に、雨妹が訝《いぶか》しむ。そこへ立勇が続けて言う。

「宮城へとはるばる遠く離れた故郷から出てきた者は、たいてい一度は故郷を恋しがって泣くだろう？　けれどお前のそういう場面を、さっぱり見ないからな」

なるほど、つまり雨妹が他の田舎者たちとは毛色が違うと、そう言いたいらしい。

――そりゃあ、まあねぇ……。

立勇の言う郷愁に暮れる田舎者というのは、一般的な姿なのだろうとは思う。けれど、雨妹は故郷である辺境に、恋しがる要素を見いだせないのだ。

辺境の里では長にはさんざんこき使われ、その他の面々には遠巻きにされた思い出しかないので、恋しがろうはずもなく。唯一辺境で親身になってくれた尼たちであっても、「あなたは公主なのですから」という意識が根底にあるため、躾《しつけ》に厳しく、和気あいあいと打ち解け合うような仲ではなかった。

つまり、仲良しな相手がいないのだ。

――あれ、私ってばひょっとして、可哀想《かわいそう》な奴《やつ》なの？

これまで雨妹はやりたいことを追い求めるのに必死で突き進んできたため、立勇に指摘されて今更ながらに思い至ってしまった。

「うーむ」と真面目に考え込む雨妹に、立勇が「余計なことを言ったか？」と焦ったようで。

「まあ、あれだ。故郷とは必ずしも良き思い出がある場所とは限らんだろうな、そうだった。私の浅慮だ」

なんとか取り繕おうとする立勇に、雨妹も乗っかることにする。

「思い出っていうか、私は過去を振り返らないで、今を生きる女なんですよ！」

——だいたい私、美味しいものがあれば、どこでだって生きていける気がするしね！

己の不幸をさめざめと嘆くだなんて、どう考えても自分の性に合っていない。興味と好奇心に背中を押されるままにやりたいことをやって、あとほんのちょっと人助けをするだけだ。

そして今回も、その人助けのためにここにいるわけで。

「さぁて、潘公主をお慰めして参ります！」

雨妹はそう気合を入れると、立ち上がって部屋から出ていくのだった。


潘公主の健康大作戦が始まった日から、彼女の体重は劇的に増えていった。

潘公主の若さと、元々太りやすい体質だったのもあるのだろう、すぐに肉付きが良くなりだした。

そして味覚と風味の問題も徐々に改善してきているようで、お付きの娘——芳《ファン》の話だと、以前よりも食事が滑らかに進むようになったという。それまでは、しばらく食事を前に逡巡《しゅんじゅん》し、意を決したように一気に食べるという、あまり上品とは言えない食べ方をしていたらしい。

——よほど食事が苦痛だったんだね……。

それが滑らかというか、普通の食事の食べ方に戻ったそうで、芳がホッとしていた。おかげで雨妹や芳からすると、潘公主は安心できる体型に戻っているのだが、本人には「また太ってきた」という意識が消えない。なので言われた通りに食べるものの、鏡で見る自分の姿に苦悩をする日々である。

——まだまだ、全然太っていないんだけどなぁ？

雨妹はそんな潘公主を観察しながら思うものの、前世でのダイエット外来でもそうだったが、潘公主のこれがなかなかに根強いダイエットの後遺症なのだ。ガリガリの体型を見慣れてしまっていて、肉が付くのが許せないらしい。

これを懸命に励ますのが、雨妹と芳の役割であった。

「大丈夫です、これまでが痩せ過ぎていただけで、今でも痩せていると言える範疇《はんちゅう》ですから」

雨妹は潘公主にそう語り掛け、彼女の気持ちが前向きになれるようにと、なんとか楽しい気分になる話題を捻り出すことになる。

その際に、雨妹は元々太子付きの身分ではなく、しがない下っ端掃除係であると話すと、潘公主は「そうなの⁉」と驚く。

「てっきり、医者付きの女官だとばかり思っていたわ」

「違います、私はたまたま旅人から聞きかじった知識があっただけです。それにたまたま太子に私のことを知っていただく機会があり、今回は供になんのしがらみもない者をということで、目を付けられて連れて来られたのです」

雨妹は潘公主に自分の身の上を正しく説明する。そうでないと、洗練された女官たちに慣れた潘公主には、必ず下っ端新人宮女でしかない自分の至らなさは露見してしまうのだ。

するとと、潘公主が下っ端宮女の生活というものに興味を示し、雨妹は差支えのない程度で日常を話す。

そしてやはり興味を示すのは、食堂で大勢で食べる食事であった。ここでも、高貴であるほど食事が冷めて美味しくなくなるという被害を被っている人がいた。

「わたくし、利民《リミン》様と一緒の食事で初めて、温かい食事が美味しいと知った気がするわ」

潘公主が「ホゥ」とため息交じりに漏らす言葉は、雨妹には意外に思えた。

「利民様は、お毒見などで時間を割かれない方なのですか？」

一族のお偉い若君であるのだから、そのあたりは皇族と同じなのかと考えていたのだが。

これに、潘公主は首を横に振る。

「一応しているのだとは思うのだけれど、後宮でのように時間をかけては行わないわね」

「なるほど」

説明を聞いて、雨妹は頷《うなず》く。

確かに後宮での毒見は時間がやたらとかかっていて、一種の儀式めいている。全ての皿をちゃっちゃと一口ずつ食べるだけならば、たいして時間を取らないだろうが、時間をかけることで「念入りに調べている」と演出しているのだろう。

そうしたお偉い方々の食事情はおいておいて。

こうして雨妹は潘公主の気を紛らわせながら、きちんとした日常を送れる身体になることを優先した。

現在粥《かゆ》で胃を慣らしたおかげで食事量が増えてきたところで、次に質の良い食事へと移行するつもりなのだが。そのためには、潘公主の消化能力にまだ不安が残っていた。

潘公主は病的に痩《や》せたことで、筋肉が落ちているのと同時に、内臓も弱っている。消化機能が正しく働いていないと、食物が効率的に栄養として身体に取り込めないのだ。

消化といえば胃酸であるが、人は大抵、胃酸が過多傾向と不足傾向とに分かれるもの。前世では胃酸過多傾向が広く知られていたため、胃の不快感とはすなわち胃酸過多であると勘違いしていた患者も多かった。しかし日本人は体質的に、むしろ胃酸不足の方が多かったりして、そのあたりの認識のズレがあったりした。

自分が胃酸過多と胃酸不足の、どちらなのかを調べるのには、水で薄めたお酢などの酸味のあるものを食事の間に飲んでみるとわかる。

これで食後に胃がすっきりする人は胃酸が不足気味で、逆に胃がムカムカする人は胃酸過多傾向にあると判断できるのだ。

これで判明したのは、今の潘公主は胃酸が不足しているということだった。胃酸とて、食事から摂《と》る栄養から作られるので、それが減ると胃酸が減るのも道理である。

胃酸過多であれば、味が濃い食事や香辛料などの刺激物を控えるようにすればいいが、逆に胃酸が不足していると、そう簡単にはいかない。

胃酸不足の対応策は、まずは食べる際によく噛《か》んで、ゆっくり落ち着いて食事をすること。そして食事に酸味のあるものを取り入れて胃酸の分泌を促し、食事量を徐々に増やしていく。これらを根気よく続けるしか、方法はないのだ。

なのでこの相談を料理長とすることになるわけだが。

しかしこの食事の切り替えというのが、すんなりとはいかないもので。

雨妹が新しい献立について料理長に相談しようと、護衛の立勇をお供に台所へ向かったところ、台所へたどり着く前の回廊にて副料理長に出会った。

「料理長は仕入れに出かけていて留守だ」

そして雨妹が挨拶《あいさつ》をする前から、副料理長にそう聞かされた。

雨妹は以前に料理長本人から、定期的に自分の目で食材を確認するために市場へ行くという話を聞いていたので、恐らく今日がその日であったのだろうと納得する。

——いないものは仕方がないよね。

「そうですか、では出直します」

雨妹が教えてくれた副料理長に一礼してそう告げてから、引き返そうとすると。

「待て、出直す必要などない」

副料理長が即座に告げてきた。

「はい？」

「もう二度と来なくていいし、料理長にも貴様らはもう来ないと言っていたと伝えておく」

礼から顔を上げた雨妹が目を瞬かせると、こちらをギロリと睨《にら》んでくる副料理長はそう話しながら、どこか強気である。

――ははぁ……。

さてはこの副料理長は遠目に雨妹たちの姿が見えて、料理長がいない今が文句を言う絶好の機会だと考えて、わざわざ台所から出てこうして迎えたということだろうか？　この考えは恐らく合っていると思う。副料理長の顔がどこか得意げに見えるし、料理長さえいなければどうとでも言いくるめられると、そう考えているのかもしれない。

――これまでは、揉《も》めると料理長が飛んできてくれたもんね。

料理長としては、この屋敷の台所の恥部を客人にできるだけ晒《さら》したくないという、台所の主《あるじ》としての誇り故の行動だったのだろう。しかしその気遣いが、当人たちに全く響いていないようだが。

ともあれ、雨妹は相手の思惑通りに大人しく言いくるめられてやるつもりはない。

「そういうわけには参りません。潘公主の体調管理は私の仕事、役目ですから、食事にも目を配るのは当然のこと。ですので、料理長が戻った頃を見計らって、もう一度参ります」

冷静に切り返した雨妹に、副料理長は顔を歪《ゆが》めて「ハン」と鼻で笑う。

「都人な公主様の口には海の物が合わなかったというだけで、大げさなことだ。要は、あの方が贅《ぜい》沢《たく》を言っているっていうだけだろう？　これだから都人ってのは嫌な奴らなんだ。食べたくないのならば大人しく都へ帰ればいいものを、何故《なぜ》こちらがあれやこれやと手を尽くしてやる必要がある？　しかもそれをお前たちが、さも大仰なことであるかのように騒ぎ立てて、迷惑なんだよ！」

副料理長はまるで今までの鬱憤《うっぷん》を吐き出すかのように、不満を爆発させた。

——なるほど、この人は潘公主のことをそんな風に見ているのか。

潘公主の食事量が減ったのは己が嫌いな都人の単なる我儘《わがまま》であり、何故食事が残されたのかということを追及するほどのことではないと、そういうわけだ。

これが大衆食堂の料理人であれば、副料理長の意見はそう批難されるものではないのかもしれない。大衆食堂の料理人は大勢の舌を満足させることが大切で、個人個人の事情まで気にしないということだってあるだろう。そこはその店の方針によりけりだ。

けれど、このお屋敷で働く料理人はまず主夫妻、つまり利民と潘公主を満足させるのが仕事であろうに。それなのに、単なる副料理長個人としての好き嫌いを仕事に持ち込むとは。

雨妹が内心でムッとしていると、副料理長はさらに続ける。

「そもそもが、お前は台所でいつもいつも偉そうに話をしているが、料理のなにを知っているってんだ、生意気な！」

副料理長がそう怒鳴りつけてきた。これを聞いて雨妹は、自分のような料理人でもない小娘が、料理長と料理談義をするのが気に食わないのかと思ったのだが。

「ここは佳《カイ》なんだ、都人だからって偉ぶれると思うなよ！」

いや、それ以前に副料理長は都人に上に立たれること自体が気に食わないと、そういうことのようだと察する。

——この人ってさっきから料理の話じゃなくて、変なご当地比べの話ばかりとか……。

潘公主は都人だから気に食わず、雨妹も都人だから偉そうにするなと、聞いていると料理がどうのという内容ではない。料理人なら、料理で勝負すればいいのにと、雨妹は呆《あき》れてしまう。

料理と言うと、雨妹は仲良しの台所番である美娜の顔が思い浮かぶ。彼女を始めとする台所番の宮女たちは、新しい料理には興味深々で、新入りの郷土料理にはいつも情報収集を欠かさない人たちだ。そのおかげで、あの食堂では誰もが懐かしく思う料理が食べられる。

それに比べて、料理ではない話で文句を言ってくるこの男に、雨妹はふつふつと怒りが湧いてくる。

美味しいものが大好きな雨妹は、料理をないがしろにする人間が大っ嫌いだ。

けれど雨妹はそんな内心を綺麗《きれい》に隠して、副料理長にニコリと笑いかける。

「では逆に聞きますが。あなたは料理のなにを知っているというのですか？」

「……あ？」

言ったことをそのまま問い返された副料理長が、「なにを言っているんだ？」という顔になるのに、雨妹は畳みかける。

「料理とは、食べさせる相手が子供か、大人か、老人かで献立を考えなければならないでしょう？身体が成熟した大人と、生まれたての赤ん坊が同じ献立を食べられるはずもないですし。それは病人とて同じことで、健康な人と同じ献立では駄目なのです」

「病人の飯って、粥くらいで大げさな……」

副料理長が小馬鹿にするように呟《つぶや》く。

――はぁん、『粥くらい』ですとな？


雨妹はこれに頬がピクリとつり上がるものの、言葉上では無視して続ける。

「私は現在の潘公主の体調を鑑みて、最良の食事を探ろうとしています。そのために料理長と相談して、潘公主に適した調理法を考えてもらっているのです。なにせ病人食というのは、非常に繊細なものですから」

「はぁ〜、そりゃあ大層なことで。都人ってのは小難しいことを言って煙《けむ》に巻くんだよ」

雨妹の話を、副料理長はしらけた顔で聞き流しているが、彼にこのまま他人事《ひとごと》みたいな顔をさせておくつもりはない。

雨妹は副料理長を射抜くように見つめる。

「副料理長はそれに異論を述べてくるということは、私と料理長程度が考えるような献立では、大きな不足があると考えているわけですよね？　ご自身が私程度よりもよほど病人食に通じていて、より優れた献立を知っていると、そういうことですか？」

「はぁ？　なにを……」

突然話がおかしな方向へ飛んだことに副料理長がなにか言おうとするが、口を挟ませずに雨妹は語る。

「先程も『粥くらいで』と仰《おっしゃ》っていたのですから、副料理長は粥料理がお得意なのでしょう？　ああ、そうだ！　先日推薦された見習い料理人はもしや、自らが鍛え上げられた粥を作らせるとこの国で右に出る者がいないという、素晴らしい料理人でしたか⁉　そうならそうと仰ってくださればよろしかったのに！　であればご自身もきっと素晴らしく、国中の、いや海の向こうの人々でさえもが唸《うな》り恍惚《こうこつ》とするような粥を！　お作りになるのですよね？　一目見ただけで食欲が湧くような色鮮やかさに、美味しそうな香りと、一口食べただけで全身の活力の溢《あふ》れるような粥を！」

「……」

「そうですよね！　そうでないと、黄大公が直々に降嫁を願い出た公主である若君の妻に対して、ないがしろにするかのようにも聞こえる言い方をしませんものね！　あれは私たちの気を引くために、わざとああした物言いをしたのですね！　でなければ、もしないがしろにしているとわかれば、黄大公がどんなに失望されることか……、ああ恐ろしい！」

一気にまくしたてる雨妹に、副料理長は先程の「粥くらいで」という自身が述べた言葉から、思いもよらぬ返され方をして、あっけにとられていた。

「ですがそういうことであれば、ぜひその粥を作っていただいて、利民様にもお立ち会いをお願いした上で、潘公主に召し上がっていただきましょうか。ああでも、そのような素晴らしい粥であれば、きっと黄大公も、いいえ、それどころか皇帝陛下とてご興味を持たれるに違いありません！となればそのような素晴らしき粥を世に広めるため、大々的な舞台を用意して、盛大に披露していただかなくては！　では早速、利民様にお伝えして、宮城にも文を出しましょう！　万が一、平々凡々な粥であればきついお叱りどころではないのでしょうけど、あのように仰る副料理長に限ってそのようなことはないですものね！」

「あ、いや……」

雨妹にまくしたてられるままになっていた副料理長が、ここへ来てようやく慌て出すものの、

「そうではなく、ただ都人をこき下ろしたかっただけだった」とは言い難《にく》いらしく、口をモゴモゴするだけでなにも返せないでいる。

そして、これに立勇も口を挟む。

「皇帝陛下の名代である太子の、その使者へ申し立てをするくらいの気概であるなら、当然己の首をかけているのだろうな。それは男気のあることだ」

「うむうむ」と立勇が重々しく頷《うなず》く。

この場合の「首」とは、仕事を解雇されるという意味合いと、物理的な首という意味合いがあるが、ものが公主の食事である上に、黄大公だの皇帝陛下だのが本当に関わってくるとすれば、下手を打つと物理の方の首だって危ういわけで。

「利民様はいつお戻りなんでしょうか？　それに合わせて日程を組まなくては！」

「そうだな、それに陛下の日程も押さえておかなければ」

「そうですね、早速文を出します！　ああ忙しくなってきましたね！」

雨妹と立勇は、はじけんばかりの笑顔で副料理長の前から立ち去っていく。


それから、雨妹たちを見送った副料理長はというと。

彼は最初、都人にからかわれたのだと考えていて、同僚の料理人たちにそう零していたという。

しかし、雨妹は本当に利民へと粥の大々的な披露の話を持ち掛け、宮城にも手紙を出していたの

を料理人仲間が見かける。これを聞いた副料理長は、まさかあの都人の二人組は本気だったのかと慌て出し、料理長へ止めてくれと頼んだらしいのだが。

「料理人としての誉れの舞台だぞ？　なにを怖気《おじけ》づくことがある」

料理長はそう言って、むしろ頑張れと応援する始末。

副料理長は、ただ仲間と愚痴る延長線上で、太子が帰った後も屋敷に居残った、まだ年若く野暮ったさのある小娘に偉ぶられることに腹を立て、いつも都人にするように意地悪をしただけだったそうだ。

屋敷での都人の象徴のような潘公主が、反撃らしい行動をとらなかったことも、都人とはこんなものなのだと思い違いをさせたのかもしれない。おかげで副料理長は、雨妹がどんな性格の相手かもよく把握せずに、喧嘩《けんか》を売ってしまったのだから。

粥《かゆ》の披露が屋敷で噂《うわさ》になり、屋敷に魚を卸す漁師からも「すごいことになったなぁ！」と言われ、副料理長はだんだんと追い詰められていく。

そしてある日の夜、副料理長は姿を消した。

夜逃げである。


「ずいぶんと意気地のない男であったな。手厳しすぎたか？」

副料理長が都方面の州境を越えたという話が聞こえてきて、立勇が誰にともなく問いかけてきた。

これに雨妹は訳知り顔で立勇に応じる。

「ああいう人はですね、一度すっごい痛い目を見ないと駄目なんですよ。ちょっと脅してみせても、その場を上手《うま》く切り抜ける程度だったら、後で自分に都合よく記憶を改ざんしちゃいますから」

実は、前世の職場にいたのだ。大した技術があるわけでもないのに、他者を下げることで相対的に自分を上げてみせて、いざという時に全く戦力にならないという、はた迷惑な同僚が。その者は口だけは達者なので、多少の痛い目を見ても自己弁護でガチガチに固めて、何故か無関係の誰かを悪者にしてその場を収めるという特技を持っていた。

――あれも結局、本人は全くなんの成長もしないまま、「自分にはこの道が合わなかった」とかで病院を辞めたんだっけ？

あの性格だと、どの道へ進んでも合わないと思うが、少なくとも勤め先からはいなくなってくれてホッとしたものだ。

この話はともかくとして。

あの副料理長を盛大にヨイショした件は、台所との交渉に雨妹たちが手を焼いていることを知った利民が、話に乗って了承した風を装ってくれたのである。屋敷に出入りする漁師は利民が昔から親しくしている者らしく、ちょっと囁《ささや》くのに協力してくれたのだとか。

宮城へ向けての手紙は、純粋に雨妹が仲の良い宮女たちにしたためた手紙の包みである。あて先は宮城であるため、それが誰の元へ向かうかは宮城側が包みの中を改めて仕分けるわけで、外の包みを見ただけの料理人に、そこまでわかるはずがない。

今回は夜逃げという結果になったが、もし副料理長があの後雨妹たちをすぐに追いかけて、己の非礼を一言詫《わ》びれば、そこで手打ちにして、「冗談ですよ」とその場で伝えたことだろう。

もしくは本当に黄大公や皇帝へのお目通りが叶《かな》うのかと奮起して、料理への情熱を燃やすのであれば、それはそれでよかったのだ。口でなにを言っていたって、料理人は美味しい料理を作れば、それが正義なのだから。結果美味しい粥を生み出せば、本当に黄大公や皇帝の台所番になれたかもしれない。

事実、この話を聞いた料理長の方が羨《うらや》んでいた。曰《いわ》く、「本当にやらないのか？」と、粥披露を実現したがっていたのだ。そしてそれに、あわよくば自分が出場しようというわけだ。まさしく料理長こそ、向上心の塊であろう。だからこそ、利民が潘公主のために引き抜いたのかもしれない。

けれどあの副料理長は詫びることもできず、粥の研究を始めるわけでもなく、仲間に「都人に嵌《は》められた」と文句を言うだけで、最後には逃げたのだ。

そして愚痴仲間であった料理人たちにしても、追い詰められる副料理長を助けようともせず、誰一人として潘公主、利民などに取りなしを願い出てはこなかった。

むしろ彼らは自分たちが悪《あ》しざまに言っていた相手が大きな存在であったことを、今更知ることになり、「自分たちは関係ない」という態度で殊勝になるばかりで、料理長曰く台所が静かな場所になったという。

――悪口で繋《つな》がる仲間って、そんなもんだよね。

それにしても副料理長が都へ向かったということは、人が多い場所に紛れて過ごそうという腹であろうか？　そういう知恵は回るらしいと、雨妹は感心するばかりだ。

これであの副料理長は、これまでの経験をふいにしたことになる。利民の屋敷に勤めていた名では、もう働けないだろう。黄家の下から逃げ出した事実は、彼の一生の傷になるからだ。なのでこれからは新しい名を名乗って、一からの人生をやり直す羽目になる。

これを教訓に、自分が変わらないと状況も変わらないということを、彼がいつか知ることができればいいな、と雨妹は願うばかりだ。

――けど、それにしてもさぁ……。

あの時の状況だけを見れば、あの副料理長は皇帝並びに黄家への反逆者だとみなされてもおかしくはなかった。潘公主に辛《つら》く当たることは、その潘公主を利民に娶《めと》らせた黄大公を批判することに繋がるのだから。内情がどうであっても、黄家に乞《こ》われたという建前は重要である。

それを批判するとなると、いくら皇帝よりも黄家を上に見るお土地柄とはいえ、やり過ぎ感があるだろう。なにしろ副料理長は仲間内ではなく、太子の使者に対して潘公主への悪態をついたのだから、あのまま居直られると処罰を考えなければならなかったはずだ。

その処罰の有力な方法は、物理的に首が飛ぶことであろう。

だというのに、副料理長は一体どういう流れで、都人嫌いを公主虐《いじ》めにまで増長させてしまったのか？　もしや、己はなにかに守られるだろうという安心感でもあったのか？

そう考える雨妹の脳裏に、ちょくちょく話の中に出てくる「黄県主」という人物が思い浮かぶのであった。

そんな出来事があったが、時間は流れていくもので。

潘公主の体型が元に戻りつつあるのに伴い、運動もしてもらおうと思うのだが。

ここで意外にも力になったのが、なんと立勇である。体調管理面は雨妹がみるにしても、身体を動かす方法を指導してくれるというのだ。

――近衛《このえ》だから、身体を動かす専門家みたいなものよね。

戦うことを生業《なりわい》としていると、怪我《けが》は付き物。故に治療明けで弱った足腰を、鍛え直すための方法があるのだという。いわゆるリハビリである。

前世でもリハビリ運動には専門家の指導があったのだし、雨妹も人体の造りには詳しいが、運動となるとやや専門外である。

というわけで、現在立勇によって潘公主へ簡単な講義がされていた。

「いいですか？　弱った足腰に急激に負荷をかけてはいけません。可能な範囲で動かし、できることを一つずつ増やしていくのです」

怪我明けの兵は、いきなり剣を振ったりはせず、まず身体が自在に動く感覚を取り戻すことから始める。弱った筋肉に無理を強いても意味はなく、余計な怪我を増やすだけだと、繰り返し語っていた。

確かに骨折が治ってギプスがとれた直後の足など、自分の身体の一部とは思えないくらいに感覚がないものだ。

「このことを理解できず、結果として怪我が長引く兵は多いのですよ」

「……わかったわ、あなたの意見に従います」

立勇の説明に、潘公主は神妙に頷く。

こうして同意が得られたところで、身体作り開始だ。

食べて体力が戻ってきたとはいえ、元々がさほど運動量が多いとはいえない公主生活だったのだ。当然、息切れするのが非常に早い。

しかし立勇とてそのくらいわかっていて、数歩進んではゼイゼイと荒い呼吸をしている潘公主の様子を見ても、嫌な顔をすることもない。

――まあ、後宮にはもっと酷《ひど》い人がいるもんねぇ。

例えば、自分は一歩も動くことなく、移動はほんのちょっとの距離でも輿《こし》に乗ってが常であるとか。

前世で「近くのコンビニに行くのにも車で」というレベルではない。目の前に見えている十数歩の距離の場所でも輿で行くのだ。雨妹が宴《うたげ》の席で見たときは「マジでか⁉」と思ったものである。

それに比べれば、潘公主はこうして努力しているだけ偉いだろう。

けれど――

「わたくし、やっぱり駄目な人間ね……」

ある日、潘公主が自らの運動の成果に気落ちしていた。

雨妹としては昨日よりも歩数が増えているし、順調だと考えているのだが。それに別に前世のアスリートみたいに重要な大会が迫っているわけでもないので、自分の配分でやればいい。

なので、潘公主が気落ちする理由なんてないのだ。
「潘公主、身体作りというのは一朝一夕で成せるものではありません。長い視点で考えるものなのですよ」

雨妹がそう説くと。

「いいのよ、本当のことを言っても。わたくしが駄目だから、自分の身体の管理一つできないんだって」

だが潘公主がそう言って俯《うつむ》き、目元を拭《ぬぐ》う。

実のところ、こうした潘公主の態度は、今に始まったことではない。健康大作戦を始めた当初から、こうした愚痴めいたことを漏らしている。やることはやっているので、計画としては順調なのだが。

——なぁんか、自己肯定感が低いなぁ。

そしてこういうことを言う人は、雨妹の経験からしてダイエットでドツボにハマるのである。前世でのダイエット診療に来る患者に、多く見られる特徴でもあった。

けれど身体の管理なんて、ほとんどの人ができたりしないもの。もし皆が皆自己管理が完璧《かんぺき》であれば、そもそも医者なんて必要ないのだから。

だがこの事実を認識することなく、「自分が駄目だからできないんだ」と考える人が、ダイエット診療には多かった。

その原因は得てして、幼少期からの周囲の声かけにあることが多いのだが。

潘公主は母親の立場に守られ、ぽっちゃり体型だって気にしないで育ったとは言うものの、やはり陰でコソコソされては意識するというもの。逆に「自分は気にしない」という態度を取り繕うことで、心の内に暗いものが溜《た》まってしまったのかもしれない。

――これは、どうしたもんかなぁ。

雨妹がかけるべき言葉を考えていると、ふいに後ろで見守っていた立勇が進み出てきた。

「潘公主、自らの行いが駄目だったと認めるその御心は、立派であると思います」

そして立勇は語り出す。

「兵を鍛えるうえで面倒なのは、『行動しない駄目人間』です。連中はやらない理由を生み出す才能に溢《あふ》れており、非常に腰が重い。それに比べ、潘公主はこうして行動されている。これは大きな美点であると、私は考えます」

この言葉に、潘公主が目を瞬かせている。

「確かにそうですね」

雨妹もこの意見に同意する。

ダイエット診療でも、行動をして失敗する人と、行動せずに失敗する人に分かれるもの。行動する人は、どの行為が失敗だったかを検証できるし、そうやって改善すれば前進できる。しかし行動しない人は、そもそも出発地点に立てないのだ。

立勇はさらに続ける。

「それに意味なく自信満々で、他人の意見を聞かずに突き進み、大怪我をしてから文句を言い散らす輩《やから》も、できれば共に行動したくないものです」

「ああ、それも確かに」

雨妹はまたもや頷《うなず》く。

自信がなさ過ぎるのは困りものだが、自信があり過ぎるのも困りもので。どんな忠告をしても「私は大丈夫なんで！」と根拠もなく自信満々で繰り返す同僚が、前世でもいたものだ。そして大変な事態になったら「どうして言ってくれなかったんですか！」と逆ギレされたのは、今ではいい思い出だ。

それに比べれば、少なくとも潘公主は自信がなくても行動しているのだから、良い方なのだ。そしてこの健康大作戦に成功すれば、自信だって持てるだろう。

そう、自信なんてその程度で変わるものなのだ。

「まあ、そのような方がいるのですか」

立勇の話に、潘公主はしばし呆《ほう》けていたが、やがてくすくすと笑いだす。

公主の周囲に侍《はべ》る人物となれば、能力のある人たちが集まるもの。

――それに、容姿も整っている女の人たちが多いだろうしね。

駄目人間なんて目につくはずもなく、だから余計に自分が駄目な人間だと思ってしまうという、負の連鎖に陥ってしまうのだろう。

環境が整えられているが故の、自己肯定感の低さなのだ。

気持ちが多少解《ほぐ》れているらしい潘公主に、雨妹は語り掛ける。

「潘公主、人の身体を整える作業というのは、時間のかかるものなのですよ。第一、そんなにすぐに筋肉がつくのなら、誰だって強い兵になれると思いませんか？」

「……それもそうね」

雨妹の話に、潘公主が新発見したような顔になる。

実際には運動するのに適した身体を持つ人と、運動に適さない人とに分かれるものだ。だから、こういうことで他人と比べ、競っても無意味なのだ。

「潘公主のお身体は他と比べられない、公主自身だけのもの。だからご自身に合った進み具合でいいのです。第一、短期間で無理をして成したとしても、すぐに体調を崩してしまって寝込んでは意味がないですもの。目的を忘れてはなりません、健康になることこそが大事なのです」

雨妹がそもそもの目的を告げると、潘公主も「本当に、そうね」と呟《つぶや》く。

「わたくしは、なにを焦っているのかしら」

そう零す潘公主は、少し肩の力が抜けたようだった。

ともあれ、潘公主の健康大作戦は少しずつ、けれど確実に進んだ。

最初は廊下の往復、次に庭園を軽く散策、さらには屋敷の正面玄関から庭の方の戸口までと、歩く距離を徐々に長くしていく。

幸いこのお屋敷は前世の小規模ショッピングモール程度の広さがあるため、歩くにはちょうどいい距離だ。

雨妹はこうして着々と仕事を遂行していった。

そんなある日、雨妹は潘公主からお休みを提案される。

「あなたったらわたくしに付きっきりで、全く出かけていないでしょう？　せっかく佳へいらしたのですもの。ぜひ海を見てほしいわ」

潘公主曰《いわ》く港の近くでは魚介を炭火で焼いて売っていたりして、とても賑《にぎ》やかなのだそうだ。

「わたくしもここに来たばかりの頃は海が珍しくって、利民様に一緒に連れて行っていただいたのです」

「そうなんですね」

そう言われてしまったら、雨妹の意識は途端に美味しい海鮮料理にとんでしまう。

もちろん、このお屋敷でも食事で海鮮を使った料理は毎日出される。

しかし、そのどれもが潘公主に合わせられた、上品な料理ばかり。もちろんそれだって美味しいのだが、雨妹にはちょっと物足りないもので。

それが港に行けばもっと庶民的な、前世で言うところのジャンクフードの類との出会いがあるに違いない。

――イカ焼きとか、あるかなぁ？

雨妹は日本で、お祭りの出店で売られているイカ焼きが好きだった。この佳にも、あの味が売られているだろうか？

というわけで本日。

「海が私を呼んでいる！」

雨妹はありがたくお休みを貰《もら》うと、そう言って張り切って港へ繰り出している。

「そうか？　そのような呼び声は聞こえぬが」

何故か、立勇も一緒に。

まあ、雨妹が休みで立勇が休みではないというのは、不公平だというのはわかる。けれど、今一緒にいるのは何故だろうか。

「私、一人でも大丈夫なんですけど？」

隣を歩く立勇を見上げた雨妹がそう言うと、ジトリとした視線が返ってきた。

「今のお前は太子殿下の使者という立場なのだ。後宮内と同じ気分でいると、要らぬ騒動を呼ぶ」

そしてこんな言葉が返される。

――まぁ、確かに。

雨妹を攫《さら》って太子に言うことを聞かせようとする輩は、いるかもしれない。それは自分でも十分にわかっているのだが。

これから海鮮料理を食べ歩きしようというのに、立勇が隣にいると気になってしまう。

「見張り付きみたいで、楽しめないいんですけど」

そんな愚痴を言いつつ立勇を連れて港に向かって歩くと、やがて雨妹の鼻を、魚介の香りがくすぐる。

――ああ、なに食べようかなぁ……。

雨妹はとたんに浮き立つ気持ちを抑えきれず、「くふふ」と声を漏らす。どんな海鮮料理だって嬉《うれ》しいが、やはり目指すはイカ焼きだ。

「イカがあったらいいなぁ、イッカイカ～♪」

自作の歌を奏でながら歩く雨妹を、立勇が隣から見下ろす。

「……楽しそうではないか」

立勇のそんな呟きが聞こえたが、雨妹を待っているであろう海鮮料理の前には、些細《ささい》な問題である。

こんなやり取りがあったものの。

やがて到着した港という場所は、異世界でも雰囲気は変わらないものらしい。

逞《たくま》しい海の男たちに、彼らをうまくあしらうもっと逞しい女たち。そして港に並ぶ漁船に、そこから水揚げされる魚介類。

そして、それらを調理している屋台！

――楽園だ、楽園がそこにある！

目を輝かせて屋台に突撃しようとする雨妹を、しかし立勇が止める。

「むやみに人込みに突っ込もうとするな。いかにも余所《よそ》者で、掏《す》りの格好の的だ」

「むぅ……」

立勇の正論に雨妹は動きを止めるものの、気分はさながら「待て」を言われた犬である。

しかし現在の雨妹の持ち物は、全て太子から与えられたものであるからして、それを掏られるのは確かに嫌だ。もし弁償なんてことになったら、掃除係程度の給金では絶対に払えない。

「一緒に行くので、私から離れないと約束しろ。どこの店が気になるのだ」

どうやら引率してくれるらしい立勇に、そう尋ねられ。

「とりあえず、端の店から攻めていきます」

雨妹はそう答える。どうせ一緒に歩くのなら、第二の胃袋として活用させてもらおうではないか。量が多い料理だったら、立勇と分け合えばいいのである。

というわけで、宣言通り屋台が並ぶ通りの端から、海鮮料理を買っていくことにした。屋台で売られているものも、串焼《くしや》き・網焼き・湯《タン》と種類が豊富である。

特に人気なのは大ぶりの貝の串焼きだ。ピリッとした味付けで、周囲ではこの串焼きを片手にお酒を飲んでいる海の男たちがいる。もし雨妹が酒飲みだったら、同じようにお酒を飲みたくなるだろう。

他にも魚の一夜干しの網焼きも身がフワフワだったし、エビが丸ごと入った湯も絶品だ。珍味系ではサザエやウニなどもあった。

そして雨妹が現在手にしているのは、サザエのつぼ焼きである。

「うーん、美味しーい！」

雨妹はホクホク顔で、サザエのつぼ焼きをモグモグしているのだが。

「……お前、よくそれを食べられるな」

そんな雨妹を、立勇が不気味なものを見る目で見る。恐らく彼は、あまり海に馴染《なじ》みがないのだろう。

――確かに、この見た目が受け付けない人っているもんね。

味も独特の苦みがあって、慣れない人には手を伸ばしにくい料理かもしれない。けど、慣れたら癖になるのだ。

こんな風に雨妹はアレコレ食べつつ、もう食べられないと思ったら立勇へと横流しする。一応雨妹が直接齧《かじ》った後のものは渡していないので、よしとしてもらいたい。

そうして食べ歩きしつつ屋台通りを結構進んだところに、それはあった。

店先に洗濯物みたいに吊《つ》るされ、干してあるモノ。

――あれは……イカだ⁉

その干してあるイカの横で、香ばしいタレをつけて焼かれているのは、まさしくイカ焼き。

「あれ、アレを食べたいです！」

「また、不気味なものを……」

キラキラした目になる雨妹の横で、立勇がしかめっ面をする。

「不気味なんて、失礼なことを言わないでください！　すっごく美味しいんですから！」

そう言い置いてズンズンと進む雨妹に、立勇も仕方なくついてくる。

「くださいな！」

「へい、まいど！」

そして屋台で無事に油紙に包まれたイカ焼きを手に入れた。イカ初心者の立勇のために、一口大

に切り分けてもらっており、比較的小さな部分を立勇へ渡す。

——いただきます！

雨妹は早速、イカ焼きにかぶりつく。

「ああ、幸せ……」

口に広がる焼かれたイカの香ばしさと、絶妙なタレの絡み具合に、雨妹はうっとりとした顔になる。

「……ふん」

イカ焼きに夢中な雨妹の様子を見て、立勇も意を決したように己のイカ焼きを食べたところ。

「不思議な食感だが、確かに美味《うま》いな」

目を見開く立勇に、雨妹はにんまりと笑う。

「でしょう？　食べず嫌いはいけません」

このイカ焼きは日本で馴染んだタレの味とはちょっと違うものの、十分満足できるものだ。

こうして二人して、焼き立てをハフハフと食べていると。

「雨妹、口についているタレを拭《ふ》け」

そんな雨妹の口元を、立勇が拭《ぬぐ》ってくる。確かに気が付けば、口の周りがタレでベットリとなっていた。だが、イカ焼きというのはこういうものだろう。

そして拭ってもらってなんだが、絹の手巾《しゅきん》は肌触りがいいものの、タレを拭くには恐れ多くて、木綿の方がいいと思うのだが。

しかし同じように食べているのに、立勇の方の口元は綺麗《きれい》なもの。一体なにが違うというのか。

もしやこれが育ちの差というものなのか？

雨妹はそんなことを考えつつイカ焼きを食べ終えたら、お腹《なか》が落ち着いて他のことにも意識が割けるようになってくる。

――そう言えば、港にあんまり船が泊まってないんじゃない？

佳の街は港に向かって下り坂になっており、港に船が浮かんでいる光景がよく見えるのだが、今日はその船が、大きなものが一隻だけで、あとは小さな漁船ばかりのようである。

太子の話だと、船がズラッと並んで壮観だということだったのに、その話とは全く違っていた。

そして昼間っから酒を飲んでいる船乗りらしき男たちが集まって話しているのが、聞くともなしに聞こえてくる。

「またか……」

「連中に好き勝手されるなんざ、腹が立つったらありゃしねぇ」

会話の内容は、愚痴であった。他にも視線を向ければ、船乗り関係者らしい者たちは皆一様に、表情が暗い。

「なんか、雰囲気が悪くないですか？」

「そのようだな」

雨妹がひそっと問いかけると、立勇も男たちの会話を聞いていたようで、眉《まゆ》をひそめている。

――好き勝手されるって、海でなにか問題が起きているとか？

しかし海で起きる問題とは、一体なんだろうか？　雨妹が考え込んでいると。

「また海賊の連中の被害が出たとさ」

「これで、また出入りする船が減るな」

「しかも港の目の前でさ。若様は撃退したものの、また捕まえ損ねたって話だ」

またまた新しい会話が耳に入ってきた。

——海賊？

しかもここの港のすぐ近くで出たという。

「若様もよくやっているんだろうけど」

「親父《おやじ》殿の頃はよかったなぁ」

それに若様、つまり利民が悪く言われているらしい。

「どういうことでしょうかね？」

雨妹が小声で尋ねると、立勇が港を観察しながら応じる。

「利民殿が忙しい理由が見えてきたな、海賊退治で忙しいということか」

それに立勇曰く、港に泊まっている大きな船は黄家の船らしい。紋章が入っているから間違いないらしく、となるとあれが利民の船なのだろう。

「でも海賊って、誰も通らないようなところで襲うものなんじゃあないですかね？　それが港の近くって……」

雨妹はそんな疑問を口にする。こんなすぐに応援が到着できるような距離では、海賊が不利に思えるのだが。

とにかく、雨妹はもっと噂話を聞いてみようと、そのまま通りを立勇と並んで歩いていると。

「うわっ⁉」

横手の通りから出てきた女連れの男とぶつかりそうになり、立勇に首根っこを掴《つか》まれて静止させられる。

――私、猫じゃないんだけど！

しかしおかげでぶつかって転ぶのを回避できたのだから、礼を言うべきなのだろう。

「あの、ありがとうございます」

そう言いながら立勇を見上げると、しかしあちらは雨妹を見ていない。そして雨妹を掴んでいない方の手で、誰かを掴んでいる。

それは、雨妹とぶつかりそうになった男で、身なりの良い人である。

それに、どこかで見たことのあるような……？

「このような場所で、なにをされているのですか、利民殿？」

「あっ⁉」

そう、潘公主の夫の利民であった。

立勇に捕まった利民は、戸惑っている様子である。

「……そっちこそどうして、お偉い都人がこんな港まで来ている？　普通『こんな汚い場所なんて』って嫌がるだろう」

なるほど、普通都のお偉い方は港を嫌がるので、利民はまさかここで太子の使者に会うとは思ってもいなかったようだ。

「そんなの、美味しい海鮮料理が食べたかったからに決まっているじゃないですか。特にイカ焼きを探しにきました」

「私はその付き添いだ」

正直に目的を告げる雨妹たちに、利民はあっけにとられた顔になる。

「都人がイカだと？　普通怪物だって騒ぐだろう」

利民は愚痴っているが、そんな普通は知らない。立勇だけであれば、怪物だと思ったかもしれないが。

——あれ、でも潘公主だって、利民様に頼んで港に連れて行ってもらったという話だったよね？

もしやこれも、都人としては非常識な行いだったということか。となると、潘公主は自己肯定感が低いわりに行動力がある人である。

ともあれ、この場で話をすると通りの邪魔ということになり、なおかつ立勇が「話をしたい」と言って引き下がらなかったため、「仕方ねぇなぁ」とぼやく利民に連れられた雨妹たちは、とある店に入った。

そこは料理店で、そこそこ客で混んでいたが。

「おう、奥の部屋使わせてもらうぜ」

「はいな、ごゆっくりぃ」

利民が店員に声をかけると、気軽な返事がくる。どうやら馴染みの店らしい。

ちなみにだが、雨妹がぶつかりそうになった際に利民と一緒にいた女だが、揉《も》め事《ごと》の気配を察知したのか、いつの間にか姿を消していたりする。

ともあれ、勝手知ったる店である利民の後について奥にある個室に入ったところで、利民が椅子にドカリと座った。

「で？　なんか文句あんのか？　佳は俺の家みたいなもんなんだから、どこにいたっておかしくないだろう？」

そう言って立勇をギロリと睨《にら》む。

――ガラ悪いな⁉

屋敷で話した時と違って、乱暴な物言いであることに、雨妹が驚いていると。

「なるほど、そちらが素か」

隣の立勇は驚く様子がない。

「立勇様、冷静なんですね」

雨妹がそう告げると、立勇がチラリと視線を寄越《よこ》した。

「言っただろう、黄家の男は船乗りだと。船乗りはあのような宮城の官吏のような話し方など、まずしない」

言われてみれば確かに、海の男として考えればこちらの方が自然な気がする。

雨妹が納得したところで、自分たちも席に着いて、早速話を聞くことにした。

「それで。そちらは屋敷へ戻らずになにをしていたので？　潘公主を放っておいて」

立勇の質問に、利民が肩を竦《すく》める。

「そんなもん、俺がいない方が清々するだろうと思ったからさ。どうせあっちだって、好きでこんなところまで来たわけじゃあないだろうからな。俺も息苦しい生活なんざ御免だから、お互いにいいだろうってさ」

悪びれない利民の様子に、雨妹は眉をひそめる。

「潘公主は黄家に乞《こ》われたから来たのでしょうに」

「知らねぇよ、それこそジジィが勝手に呼んじまったんだよ」

どうやら潘公主から聞いた話と、利民の意見は違うらしい。薄情な気がするが、だがそもそも政略結婚なんてこんなものなのかもしれない。

それに口は悪いものの、潘公主に対する積極的な悪意は見られない。

雨妹がそう考えていると、立勇がさらに問いかける。

「では、潘公主がお身体を壊されたのは、知っていてああなるまでに放置していたのですか？」

この追及に、しかし利民が目を剥《む》く。

「いやいや、俺も驚いたんだって！　最近ちぃっと海が立て込んでいて、様子を見に戻れていなかった。それでも『なにも問題ない』って知らせを、屋敷の連中から受け取っていてな？　それで安心していて、ようやく顔を見た時には、既に『ああ』だったんだ」

なるほど、留守をしている間に事態が悪化していたのか。

立勇はこの意見に特に何も言わず、さらに追及を続ける。

「あの屋敷は、元々利民殿が住んでいたので？」

これに利民は首を横に振る。

「元は親父のモンでな、俺は船や定宿で寝泊まりだったんだ。それを『結婚を決めたから家を持て』ってんで、あそこを押し付けられたのはつい最近ってわけだ」

なるほど、利民自身もあの屋敷に慣れていなかったということか。それにしても、使用人の質が悪いのはどういうことか？

「屋敷の古い使用人は、その御父上の頃からいた者なのですか？」

雨妹が尋ねると、利民は「いいや？」とこれにも首を横に振る。

「慣れた連中は親父が自分の屋敷へ連れて行ったさ。だから残ったのは下っ端ばっかで、だから慌てて補充したんだ」

利民としてはとりあえず仕事ができる人たちを呼び集め、これで屋敷の管理が回るだろうと考えたのだろう。

けれど、人間関係というのは補充して終わりではない。彼らをうまく馴染《なじ》ませられる人間が、屋敷に残っていなかったのだ。

――特に、都人を蔑《ないがし》ろにしない人材が、ね。

そしてそういうことなら、例の逃げ出した副料理長は、元は料理長ではなかったということだろうか？　雨妹は気になって尋ねてみる。

「じゃああの副料理長も、以前も上に料理長がいたってことですか？」

「そのはずだぜ？　というより、料理長と副料理長を親父が連れて行ったんだ。特に、副料理長の作る甘味を、親父が好きでな」

利民からの答えに、雨妹はこれまでのことがようやく腑《ふ》に落ちた。あの副料理長は上に立つ立場でもなんでもなく、ずっと平凡ないち料理人でしかなかったのだ。それが棚ぼた的に上の人材がいなくなって、一時的に料理長に据えられただけで。

しかしその棚ぼた出世を己の実力だと勘違いしてしまったのだろう。そんな中で利民が潘公主のために呼び寄せた新しい料理長を妬《ねた》み、さらに口出ししてきた客人を僻《ひが》んだと。

そしてそんな性根であるから、利民の父に引き抜かれる対象にならなかったのだろう。

――それにしても、利民様の父君って甘党か。

その前副料理長の作る甘味とやらは、連れて行くほどに美味しかったのだろうか？　雨妹としてはそのあたりがものすごく気になっていると、利民が急に神妙な顔をした。

「しかし、あんたらのおかげで助かった。あの連中、俺の前だとおかしな素振りを見せなかったもんで、気付くのが遅れたのはこっちの落ち度だ。食い物を信用できなくなるってのは、一番あっちゃあならねぇことだったのに」

そう言って目を伏せた利民が、謝意を伝えてきた。

利民はあまり毒見に手間をかけない人だと潘公主が言っていたので、食事に関しては信用していたのだろう。それゆえに副料理長のことは許せず、雨妹たちの悪ふざけのようなやり口を許したようだ。

今回は食事になにか手をくわえられたということではなかったが、料理人との仲が険悪であれば、いずれそういう不安も出てきたであろう。

その料理人たちも、己が呼び寄せた料理長以外の全てを入れ替えるために、今手配をしているところだそうで。黄大公の料理番から見習いを数人回してもらい、あとは「全くの素人でも俺が鍛える」と現料理長が言っているらしく、知り合いで料理人の道に興味がある者に声をかけているとか。なのでいずれ、屋敷に残っている他の古参料理人たちも、全て姿を消すことだろう。

しかしこの利民の謝罪に、雨妹は「私には不要です」と告げる。

「その話は私たちにではなく、潘公主へしてあげてください。あの方はおそらく利民様が困らないように、使用人の目に余る態度にも沈黙していらしたのでしょうから」

「……そうかよ」

利民は一言それだけ言うと、眉《まゆ》をギュッと寄せた。

ここまで話していたところで、店の者が機会を見計らっていたようにお茶を運んできて、卓のそれぞれの前に置いていく。雨妹たちは一旦《いったん》追及を休止し、そのお茶で喉《のど》を潤す。

「しっかしよぉ、俺がせっかくお上品に取り繕っていたってのに、テメェらにはすっかりお見通しだったってか。公主サマには通じたんだけどなぁ」

その間、利民が椅子の背もたれに仰《の》け反《ぞ》るように座り、そう零すが。

「……そうですかね？」

これに雨妹は疑問の声をあげる。

「あぁん？」

すると利民がジロリと睨んできた。

「なんだよ、公主サマを庇《かば》う立場だってんだろうが、あの女がそんなに目端が利くわけないだろう。ちょっととろくさいしな」

そう話しながら柄の悪い笑みを浮かべる利民に、雨妹はじっとりとした目を向ける。

「利民様は、公主という人の立場をわかっていないようですね。後宮に生きる女には、相手の本音や思惑を察知する能力は必須《ひっす》です。それが公主という、後宮の女たちの中でも上位にあるお人に、備わっていないはずがないでしょうに」

雨妹の意見に、立勇も頷《うなず》く。

「まあ、確かに。潘公主はそのあたりの立ち回りが上手なお方であった」

「……」

雨妹と立勇の二人に否定された利民は、むっつりと黙り込む。

潘公主はおそらく、知ったうえで黙って見守っていたのだ。それが後宮で生きる上で、最良の方法だったから。そしてそうして我慢を重ねたせいで、身体を壊してしまったとも言える。

――この夫婦、決定的に意思疎通不足な気がするわ。

特に嫌いあっているわけではないのに、お互いに遠慮してしまってすれ違うというわけだ。

「とにかく。潘公主は今お身体を元に戻そうと努力していらっしゃるのですから。利民様もその様子をちゃんと見守って、お話をなさってください。でないと、潘公主はまたお身体を壊してしまわれますよ？」

雨妹の忠告に、利民は大きく息を吐き出した後。

「あー、陸は面倒が多いなぁ。しゃーねぇ、帰るか」

そう言ってお茶をグイッと飲み干した利民に、立勇が「ああ、そうだ」と声を上げる。

「噂で聞いたのですが、海賊被害が多発しているらしいですね」

これを聞いた瞬間、利民が鋭く立勇を睨む。

「……それをどこで聞いた？」

「先程、そこらの通りでですが」

立勇が素直に答えると、利民が「はぁ～」と頭を抱えたかと思ったら、ガバリと雨妹と立勇に向かって頭を下げる。

「頼みがある。海賊騒ぎについては、公主サマには言わないでくれないか？」

深々と頭を下げられ、驚いた雨妹は立勇を見る。するとこちらも驚いた顔をしていた。

「何故、と聞くべきでしょうね」

硬い声で尋ねる立勇に、「そんなもん、決まっているだろうが」と利民が話す。

「怖がらせたくないんだ。佳はここ最近がちぃっと物騒なだけで、普段は平穏で賑《にぎ》やかなところだし……せっかく海を気に入ってくれているみてぇなのに」

利民は俯《うつむ》き加減《かげん》で、後半を小声でボソッと呟《つぶや》く。

——おぉ？

予想外の利民の反応に、雨妹は目を瞬かせる。これはまるで、お年頃の青春する若者のようではないか。

「もしや利民様は、潘公主のことをあまり嫌ってはいらっしゃらないのですか？」

思わずズバリと言ってしまった雨妹に、利民はギロリと鋭い視線を返す。どうもはっきり言い過ぎたかと、雨妹が内心で反省すると。

「雨妹、そういう内容はもう少し遠回しに尋ねるものではないか？」

立勇がそう口を挟むので、雨妹はムッとして口を尖《とが》らせる。

「そんな技能を、この私に求めないでください」

そもそも、雨妹は下っ端掃除係に過ぎないのだから。

「遠慮のなさは、てめぇらどっちもどっちだ」

ここで利民が苦いものを飲み込んだかのような表情で、そう告げる。

「別に、嫌っちゃいねぇよ。けど、あっちは大事に大事に育てられた公主サマだぜ？　なんつーか、間の取り方に悩むっつーか」

「はぁ、なるほど」

要するに潘公主との距離感がわからないというわけか。生活環境が全く異なる二人なのだから、わからなくもない。

「でもそういうのって、毎日の生活の繰り返しの中で埋めていくものだと思うんですけど」

それなのに生活を分けていたら、埋まりようがないのではなかろうか。雨妹がそう語ると、またもや立勇が口を挟む。

「雨妹よ、おそらくは利民殿だとて理解しておられても、気恥ずかしくて実行するのが難しいのだろう。そうはっきり言って追い込むものではない」

「いやそれ、立勇様の方がよっぽど追い込んでいませんか？」

立勇は利民を助けているようで、できていない気がする。この遠慮のなさは、太子付きとしての必須技能だろうか？

――太子殿下って、結構マイペースだもんね。

黙って従っているようでは、太子付きはできないのかもしれない。雨妹がそんな風なことを考えていると。

「てめぇら、俺をもうちっと敬えよ」

利民から苦情が入る。

というか、そもそも自分たちはこんな話をするためにここへ来たわけではない。これではまるで恋のお悩み相談のようではないか。

「ごほん！　利民様の恋のお話は、また後日に聞くとしてですね」

「誰が恋だ⁉　ってかそもそも俺らは夫婦なんだよ！」

話を仕切り直そうとする雨妹に、利民が顔を赤くして反論する。

――いやいや、夫婦なのと恋は別だし。

そもそも利民と潘公主は政略結婚だったのだから、気持ちが伴っていないのは当然のことで、今、恋の気持ちが育っているのならばいいことではないか。この利民、身体は大きくてもそのあたりが初心《うぶ》なのかもしれない。

またもや脱線しそうになっていたところに、立勇が割り入った。

「利民殿、最近海賊被害が酷いという話は、真実なのですか？」

「あ、そうだ。こんな港の近くにまで出るなんて驚きなんですけど」

立勇と雨妹の疑問に、利民が「はっ」と鼻で笑う。

「てめぇら、海賊は誰も助けない海のど真ん中でしか襲ってこねぇって思ってねぇか？　海賊と山賊を同じに考えているらしいが、まあやっていることはどっちも似たようなもんだ。けど、決定的に違うことがある」

「違い、ですか？」

首を傾《かし》げる雨妹に、利民が告げる。

「海賊って奴らは、いつだって良い土地を得たい、自分の領地を持ちたいのさ」

これに、立勇が「なるほど」と頷く。

「人は一生海の上で生きていけるわけではない、ということか」

「そっ、陸の食いもんを補給しなきゃなんねぇからな。けど俺らだってそうやすやすと陸をあけ渡すわけがねぇから、強い兵を置いている。だから連中だって、これまでは佳を避けていたんだが」

ここまで話した利民が、深くため息を吐《つ》く。

「けど、現実にこうして襲ってきているんですね」

雨妹が現状を確認すると、利民が難しい顔で頷く。

「おぅよ、それも襲撃がここのところ立て続けにあるもんで、兵たちも疲れてきている。物騒だってんで、大きな船も佳に入るのが減ってきているしな」

そう言って利民が酒を呷《あお》る。

「それは大変ですね」

立勇が眉をひそめる。

雨妹が太子から聞いた説明によると、佳は黄家にとって経済の重要拠点という話だった。そこの船の入港が減ると、当然入るお金が減るわけで。黄家にとっては大打撃もいいところだろう。

それにしても港を直接襲う海賊の方も、それなりの事態を想定していなければならない。いくら陸の領土が欲しいとはいえ、失敗すれば命の終わりに繋《つな》がるのだから。それを押してでも、ここ佳を襲うからには、それなりの勝算がなければしないだろう。

雨妹がそんなことを考えていると。

「海賊はどこから来ているのですか？　当然調査はされているのでしょう？」

立勇も同じことを考えていたのか、利民に疑問をぶつける。

これに、利民がしかめっ面をした。

「……こうなったら、きっとテメェらにはいずれわかっちまうか。実はあれは、黄家の仕業だ」

「はい？　黄家が自分のところの港を襲うんですか？」

「正確には、黄家の別の派閥の連中だな。俺のことが気に食わないのさ」

そして利民は、黄家の内情について語り始めた。

「黄家の跡目は、今のところ俺の親父が有力だが、決定じゃあない」

黄家は皇帝も一目置く一族だ。その統率者である大公となれば、狙う者も当然多い。そんな中でも現黄大公を上手く補佐し、跡取りと目されているのが利民の父親だという。

しかしその座を狙い、尚且《なおか》つ利民の父親に次いで有力なのが、利民の父親の義兄だという。

「親父の姉の夫って奴なんだが、この親父の姉――伯母さんていう女が、まぁ欲深でな」

その伯母は皇帝の妃嬪《ひひん》候補だったが、黄家内の他の候補との争いに敗れたというのは、潘公主からも聞いた情報である。そしてその伯母は、血縁から夫を選んで一族に居残っているのだという。

「これがまぁ、化粧臭いオバサンでな。俺はアイツが嫌いだね。そんで自分ができなかったことを娘にさせようってんで、太子殿下の妃嬪として送り込もうとしたんだが、それも叶《かな》わずってね」

そう話す利民が肩を竦《すく》める。

――決定的な欠点みたいなのが、その母娘《おやこ》にあったのかも。

次期黄大公に名乗りを上げられる身分であるのだから、その伯父もそれなりに地位が高いはず。それなのにその地位でごり押しできなかったということは、そういうことなのだろう。黄家としても、おかしな女を送り込んで一族の評判を下げたくないだろう。

とにかくそんな事情があり、利民としては宮城からやってくる公主というのがどんな人物か、結構警戒していたそうだ。伯母母娘みたいな女だったらどうしよう、というわけだ。

「そうしたら全く違った感じの女が来たんで、ホッとしたってぇのが正直なとこだな」

「なるほど。もしや利民様はそのホッとした勢いで、潘公主を港へ連れて行って海を見せたとか？」

雨妹の指摘に利民は一瞬ぐっと詰まると、「そんなこともあったか」と漏らす。

「今にして思えば、公主サマをいきなり港を連れ回すこたぁなかったと思っているさ。色々ごちゃごちゃして汚ぇしな。体調不良っていうのにそのせいもあるのかと、こっちだって反省してるんだよ」

利民がそう言って項垂《うなだ》れる様子に、雨妹は目を丸くする。

どうやら彼は見当違いな方に悩んでいるようだ。

「いえ？　潘公主は海が楽しかったようですよ？　利民様が連れて行ってくださったと、嬉《うれ》しそうでした。それで私たちにも、港見物を勧めてくださいましたし」

「……そうなのか？」

雨妹が教えてやると、利民は顔を上げる。

――本当にすれ違っている夫婦だなぁ。

雨妹がいっそ呆《あき》れるような気分でいると、立勇が利民に告げる。

「私から見ても、潘公主というお方は後宮に住まう方々の中でも、少々変わったところがあると思います。だからこそ、黄家への降嫁となったのでしょう。ですから、利民様も潘公主への先入観を持たずに、接していただきたい」

「……わかった、善処するさ」

立勇からの助言に、利民が神妙な顔で頷く。これで、夫婦のすれ違いがなくなればいいのだが。

また利民の恋愛相談になってしまったが、話を戻そう。

件《くだん》の強欲な伯母という人は、未《いま》だ黄大公夫人の座を諦《あきら》めていないらしい。

「佳は代々、黄大公の跡目とされていた奴が任されている場所でな。そこを親父に続いて俺が任され、尚且つ公主サマなんていう嫁を貰《もら》い受《う》けたもんだから、このままだと太刀打ちできなくなるってんで、焦っているのさ」

そう話す利民に、立勇がお茶を一口飲んでから尋ねる。

「利民様から見て、その伯母とその夫という方は、どのようなお人柄なので？」

「一言で表せば、ごうつくばりだな。どっちも金と権威欲が人一倍強い」

利民はそう答えて肩を竦めた。

「俺《おら》ぁ船乗りで、この佳の港を気に入っていてな。だから漁師たちには気持ちよく漁をしてほしいし、港も色々な船に使ってほしいと考えている。けどあの女がしゃしゃり出れば、金を絞り出すことばかりされて、港がメチャメチャになる未来しか見えねぇな」

利民の心底嫌そうな表情を見ると、その伯母という人は少なくとも利民とそりが合わなそうだということは、雨妹にもわかる。

というかこれは、完全に黄家内の権力闘争ではないか。

――皇帝陛下、もっとちゃんと調べてからお姉様を嫁がせてよ！

雨妹が内心で宮城に向かって愚痴ってから、利民に尋ねる。

「ではそのような理由で、その伯母だという黄県主は潘公主を虐めているってことなんですか？」

「あん？　なんだそりゃ？」

しかし雨妹の言葉に、利民が首を捻《ひね》る。

――ちょっと、まさか知らなかったとか言わないでしょうね？

初耳という利民の様子に雨妹は嫌な予感がしつつも、そもそも潘公主が体調を崩すことになった原因を説明する。減量をしようとした云々《うんぬん》は伏せるとしても、肝心のことは伝えておくべきだろう。

話を聞いた利民が苛立《いらだ》ったように卓を拳《こぶし》で叩《たた》く。

「あんのババァ、俺が海へ出ている隙に来やがったな⁉　しかも聞いてねぇぞそんな話！」

どうやら本当に知らなかったようだ。

「潘公主は利民殿に負担をかけまいと黙っていたのでしょう。しかし家人から一言も報告が上がっていないというのは、放置できないことではないですか？」

立勇が屋敷で問題視していた点を、利民に突きつける。

「くそぅ、俺も舐《な》められたもんだぜ」

すると利民は唸《うな》るようにそう言って、宙を睨《にら》む。

――ってことは、屋敷を取り仕切る家令が、前からの残留組なのかも。

屋敷の肝がそれでは、残留組の態度が悪いのが放置されているのも頷《うなず》けるというものだ。

ここで、立勇が状況を整理する。

「利民殿の話の通りだとすると、黄県主は佳を欲していて嫁いできた潘公主が目障り。だから潘公主が音を上げて離縁を申し出れば、利民殿の立場が悪くなる、というわけですね」

「お屋敷に潘公主のお味方が少ないのは、マズいんじゃないですかね？」

立勇と雨妹の指摘に、利民が無言で頭をガシガシと掻《か》くと。

「その公主サマは、今どうなんだ？」

雨妹にそう尋ねてきた。

「はい、お食事をちゃんと召し上がるようになったので、味覚と風味の問題はだいぶん改善されています。これらは栄養失調が原因でしたからね。あとは体力と筋力を戻すことですが、潘公主の努力もあってこちらも順調です」

「そうか、そりゃあよかった……痩《や》せようなんざ、考えなくったってよかったのによぅ」

雨妹の説明を聞いた利民がホッとしたように、そして少し不貞腐《ふてくさ》れたように言った。その内容に、雨妹は目を丸くする。

「あれ、ご存じだったのですか？　潘公主が痩せようとなさっていたことを」

これに利民は眉《まゆ》をひそめて、少し声の調子を落として語った。

「女が考えることなんざ、誰だって似たようなもんだろうが。けど俺ぁ、体型に不満を言ったことはないんだぜ？　俺が出した条件は『船乗りなのを否定しない』ってだけだからな」

利民はそう言って、グビッと酒を呷る。

この夫婦は、つくづく意見のすり合わせが足りていない。それをちゃんと潘公主に伝えていれば、状況は変わっていただろうに。それに利民が海賊騒動で忙しいのも、状況を悪化させているのだろうが。

となると、雨妹がやるべきことは見えてくるというもの。

そもそも自分は、難しい政治のアレコレを考えるために残ったのではない。潘公主の身体の回復のために、ここにいるのだ。

――よぅし、やってやろうじゃないの！

「ではその黄県主から文句の付けどころが見つからないくらいに、潘公主を仕上げてみせようではないですか！　誰が見てもハッとするくらいに美しく！」

唐突に席を立っての雨妹の宣言に、立勇と利民が驚いている。

「まあ、付け入る隙を一つずつ潰《つぶ》していくしかないだろうな」

だがすぐに立勇も同意した。一方で利民は嫌そうな顔をする。

「おいおい、俺ぁ後宮入りするようななよっとした女は嫌だぜ？」

しかし雨妹はそんな利民に対して胸を反らす。

「ふふん、心配ご無用です。私が本当にいい女というものを、見せて差し上げます！」

美しさというのは、人の内側から滲《にじ》み出《で》るもの。雨妹の前世の知識の全てをもってして、真の美しさを見せつけてやろうではないか。

雨妹は、敵があれば燃える質《たち》なのである。


というわけで、これから「潘公主をイイ女にして、馬鹿にする連中をギャフンと言わせるぞ！」作戦を実行するべく、雨妹は気合を入れて計画を練るのであった。

# 書き下ろし短編　雨妹の秘密道具

太子一行の佳《カイ》までの道中、軒車《けんしゃ》を止めての休憩時間が度々ある。

その休憩時、太子が優雅に寛《くつろ》いでいる隅の方で、雨妹《ユイメイ》は救急道具の確認をしていた。

「工用酒精はまだいいとして、塩と砂糖をどっかで手に入れたいかな。薬も、うん、傷んでたりはないと」

色々詰めた箱の中身を一つ一つ見る。夜宿に着いてからやってもいいのだろうが、灯《あか》りがどれだけともされているかが分からないので、日中の明るさの下で一度見ておきたいのだ。

この雨妹の様子に気付いた立勇《リーヨン》が、近寄って来る。

「なにをしている？」

「この通り、道具の点検です」

別段隠すものでもないので、雨妹は広げている中身を立勇に見せた。

「いざという時に備えて、色々なものを詰めているんです」

「そう言えば、先ほどもその箱を持ち歩いていたか」

立勇は熱中症で倒れた農民を助けた際のことを思い出し、道具の入った箱を覗《のぞ》き込んでくる。

「これが胃もたれの薬で、これが熱さましの薬で、これが……」

雨妹は一つ一つを説明していく。もし雨妹がいない間にこの箱の中身が必要になった時、知っていれば使うことができるだろうと考えたのだ。誰かに自慢したかった、というのもある。

「まるで医局を小さくして持ち運んでいるみたいだな。よくもまぁ、これだけ用意できたな」

「陳《チエン》先生と揃《そろ》えたんですよ。旅というものはなにが起きるかわかりませんから、備えあれば憂いなしです！」

感心するやら呆《あき》れるやらな立勇に、雨妹は胸を張る。

やはりこの国では薬というものはあまり見慣れないもののようだ。前世のように救急道具として常備薬が手元に揃っているのは、そうそうないことらしい。

これを一緒に揃えた陳とて、常備薬という考え方に驚いていた。確かに前世でも常備薬の元祖であろう置き薬というものは、そう歴史が古いものではなかったはずだ。昔は薬も高価だっただろうから、使うかわからない薬を常備しておく余裕はなかったのだろう。

陳が患者を往診するのに持ち歩く荷物には、患者がどんな病気なのかをあらかじめ聞いてから、それに必要そうなものをその都度詰めるらしい。

一方の雨妹のこの救急道具に詰められている薬は、陳が普段処方する薬に比べて薄められていて、効能がごくごく弱いものとなっている。重くない症状で軽い発熱や胃もたれなど自己判断できることで飲むには、この程度で十分だという配合にしてもらったのだ。

症状の重い患者は医者に連れて行くべきだろうが、軽い症状である内に対処すればすぐに治る場合が多いため、薬の成分を少なめにしてあらかじめ持たせておくのは効果的だ。そうすれば初期症状で治まり、結果薬代が安く済むのだから、損でないだろう。

「なるほど、考えたな。確かに少々胃が重いと思っても、わざわざ薬を求めに向かうのが面倒ではあるな」

「でしょ、でしょ？」

特にこの国では、前世のようにドラッグストアがあちらこちらにあるわけではない。どうかすると薬を買いに隣の里まで行かねばならない場所もあるだろう。

ちなみに辺境では当然薬屋なんてものはなく、民間療法で効くとされる野草をそこいらからとって煎じて飲むのが常であった。

そんな思い出を懐かしみつつ、雨妹が陳との救急道具開発秘話を説明していると、立勇がふと箱の片隅に詰められたソレに気が付いた。

「この裁縫道具は、隙間を埋めるついでに詰めたのか？」

「ああ、それですか」

薬に交じって針と糸が入れられていると、やはり違和感を覚えるようだ。

「そんなついでのものじゃないですよ。これも立派な医術の道具です」

「裁縫道具がか？」

不思議そうにする立勇に、雨妹も不思議になる。

「あれ、兵の方がなじみがあるんじゃないですか？　ぱっくり割れた傷口を縫ったりするでしょう？」

これを聞いて、立勇が衝撃を受けたようであった。

「お前が、傷を縫うのか？」

まるでこの世の終わりみたいな顔をされるのは、さすがに傷付くのだが。

「そんな顔をしなくてもいいじゃないですか。陳先生が万が一の時にって入れたんですけど、私は裁縫の腕はそれなりですから」

「いや、しかしだな……」

それでも信用しかねるらしく、真面目に考える立勇に雨妹は苦笑する。

「というか、陳先生のお茶目ですから。今回戦場やら大事故の現場やらに行くわけじゃあるまいし、こんなものが必要になるなんてないでしょう？」

そう、この旅はあくまで太子の視察なのだから、血みどろの現場に行き合うことはないだろう。

「なるほど。陳先生も心臓に悪いお茶目をするものだ」

立勇はこれを聞いて、ようやく安堵《あんど》したようだ。「ハハハ」と二人で笑っていると。

「世の中、そんなことを言っていると本当になるって、聞いたことがあるなぁ」

二人の会話をなんとなく聞いていた太子がそんな風に呟《つぶや》いたのが、雨妹も立勇も聞こえなかったのは、幸いだったのかどうか。それは天のみぞ知ることであろう。

# あとがき

「百花宮のお掃除係」三巻を手に取っていただいた読者の皆様、ありがとうございます！

一巻と二巻は読み切りだったのですが、三巻はなんと続いてしまいました……。続きが気になるという方、申し訳ありません！　頑張って続きを書きます！

三巻が出る頃は冬真っただ中ですね。風邪にインフルエンザに、今年は新型コロナにと、色々予防するべき病気が多くて大変です。

一巻が出たのがコロナ騒動が始まった時期でしたので、「参考にしました！」という感想を見かけたのには、自分でもビックリです。この話をＷＥＢで書いた時には、まさかそんな騒動とリンクすることになるとは夢にも思っていなかったもので……。

それに加えて、作者の地元では今年の夏は大雨に見舞われまして。地元はツイッターなどでも公表している通り福岡は大牟田《おおむた》なのですが、全国ネットで水没する光景を延々と流されたので、一部読者様にはご心配をおかけしたかと思います。

幸い作者の住まいは無傷の無事でした！　自宅は高台でしたし、実家の商店が店先まで水が迫ってヒヤリとしましたが、浸水はせずに安堵《あんど》したものです。それでも被害のあった地域は、未《いま》だにご苦労されているみたいですけどね……。

　自分はこれを教訓に、最近電信柱などに書いてある「海抜○m」の表示はちゃんと覚えておこう！　と思いました。確かにアレが低い箇所が軒並みやられたんですよね。高台にあると「坂道しんどいな」とか思うけど、そのおかげで助かったとなると、今では「坂道ありがとう！　今まで不満たれ流してスマン！」という気持ちです。

　これからはきっとこの水害との付き合いが普通になっていくんでしょうね。けどその対策で高台に引っ越そうとなっても、高台はやはり坂道がきつい。歳《とし》を取ると坂道を上るのがしんどくなるだろうし。「車があるからいいじゃない」といっても、高齢者になったら車を運転するのもできなくなるはず。そうなるとあまり高台過ぎるのはNGだろう。

　いや、高齢者ライフはまだまだ先の話なんですけどね。けれど人間は誰しも歳をとるものだし、切り離して考えるわけにはいかないというか。

　これからのライフスタイルを考えると、色々と難しいですね……。


　うむ、暗い話ばかりになってしまった。明るい話はなにかないかな？

　そうそう、続きも頑張って執筆しますので！　海を舞台に大暴れをする雨妹《ユイメイ》&立勇《リーヨン》（彬《ビン》）コンビを、どうか応援してくださいませ！

　そうそう、最後に大事なお知らせをしなきゃですね！

「百花宮のお掃除係」のコミカライズ1巻が、ＦＬＯＳコミックス様より絶賛発売中ですので、よろしくネ！
shoyu様、素敵可愛い雨妹をありがとうございます！
それでは、みなさまもどうか次巻までお元気でお過ごしください！

カドカワBOOKS

百花宮《ひやつかきゆう》のお掃除係《そうじがかり》　3
転生《てんせい》した新米宮女《しんまいきゆうじよ》、後宮《こうきゆう》のお悩《なや》み解決《かいけつ》します。

2021年1月10日　初版発行
2021年9月10日　5版発行

著者／黒辺《くろべ》あゆみ

発行者／青柳昌行

発行／株式会社KADOKAWA

〒102-8177
東京都千代田区富士見2-13-3
電話／0570-002-301（ナビダイヤル）

編集／カドカワBOOKS編集部

印刷所／暁印刷

製本所／本間製本


Printed in Japan
ISBN 978-4-04-073925-0 C0093

# 新文芸宣言

かつて「知」と「美」は特権階級の所有物でした。

15世紀、グーテンベルクが発明した活版印刷技術は、特権階級から「知」と「美」を解放し、ルネサンスや宗教改革を導きました。市民革命や産業革命も、大衆に「知」と「美」が広まらなければ起こりえませんでした。人間は、本を読むことにより、自由と平等を獲得していったのです。

21世紀、インターネット技術により、第二の「知」と「美」の解放が起こりました。一部の選ばれた才能を持つ者だけが文章や絵、映像を発表できる時代は終わり、誰もがネット上で自己表現を出来る時代がやってきました。

UGC（ユーザージェネレイテッドコンテンツ）の波は、今世界を席巻しています。UGCから生まれた小説は、一般大衆からの批評を取り込みながら内容を充実させて行きます。受け手と送り手の情報の交換によって、UGCは量的な評価を獲得し、爆発的にその数を増やしているのです。

こうしたUGCから生まれた小説群を、私たちは「新文芸」と名付けました。

新文芸は、インターネットによる新しい「知」と「美」の形です。

2015年10月10日
井上伸一郎

百花宮のお掃除係
新米宮女、後宮のトラブルも呪いも人間関係も
医療チートで全部解決しちゃいます!!
コミックス
2巻
発売中!
FLOS COMICにて
好評配信中!
Comic Walker内
フロースコミック
公式サイトはこちら
shoyu
原作:黒辺あゆみ
キャラクター原案:しのとうこ

奇跡に詠唱は要らない――
気弱で臆病だけど最強な
魔女の物語、書籍で新生！

無自覚最強魔導師の
〝普通〟で〝無双〟な
セカンドライフ、
始まります！
カドカワBOOKS

竜と精霊と聖女の力で……
領地が
めちゃめちゃ強くなってます!?
B's-LOG COMIC ほかにて
コミカライズ連載中!
漫画:黒野ユウ